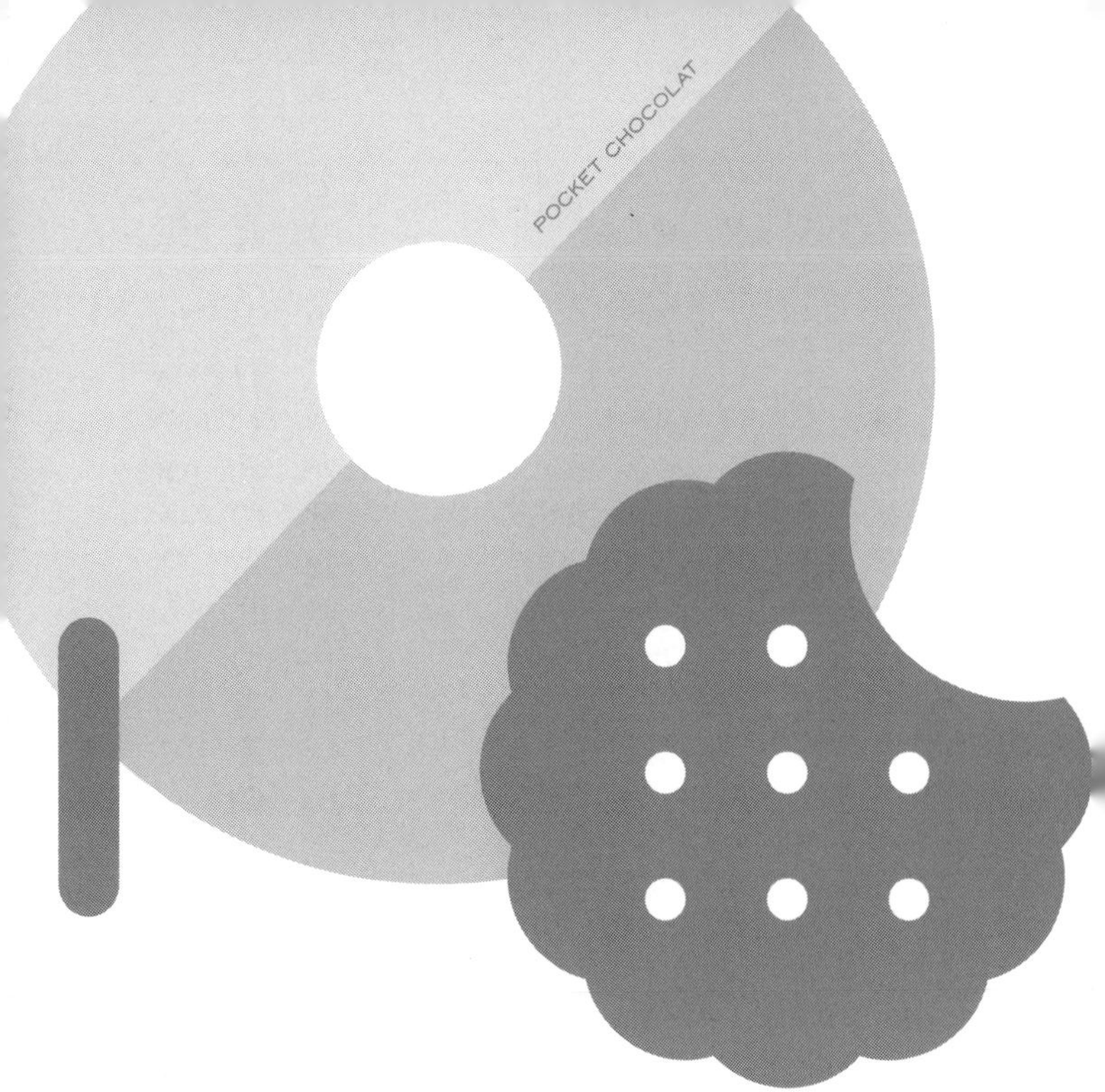

制服ジュリエット

麻井深雪 作 ／ 池田春香 絵

近づいちゃダメな人だってわかってる
だけど甘《あま》い恋《こい》のときめきを知ってしまったら
もうこの気持ちを止められない

あの日、こまった私に
手をさしのべてくれたあなたは
初夏の日ざしにキラキラと輝《かがや》いて
まるで王子さまみたいに見えた
その笑顔を私だけに向けてくれたら

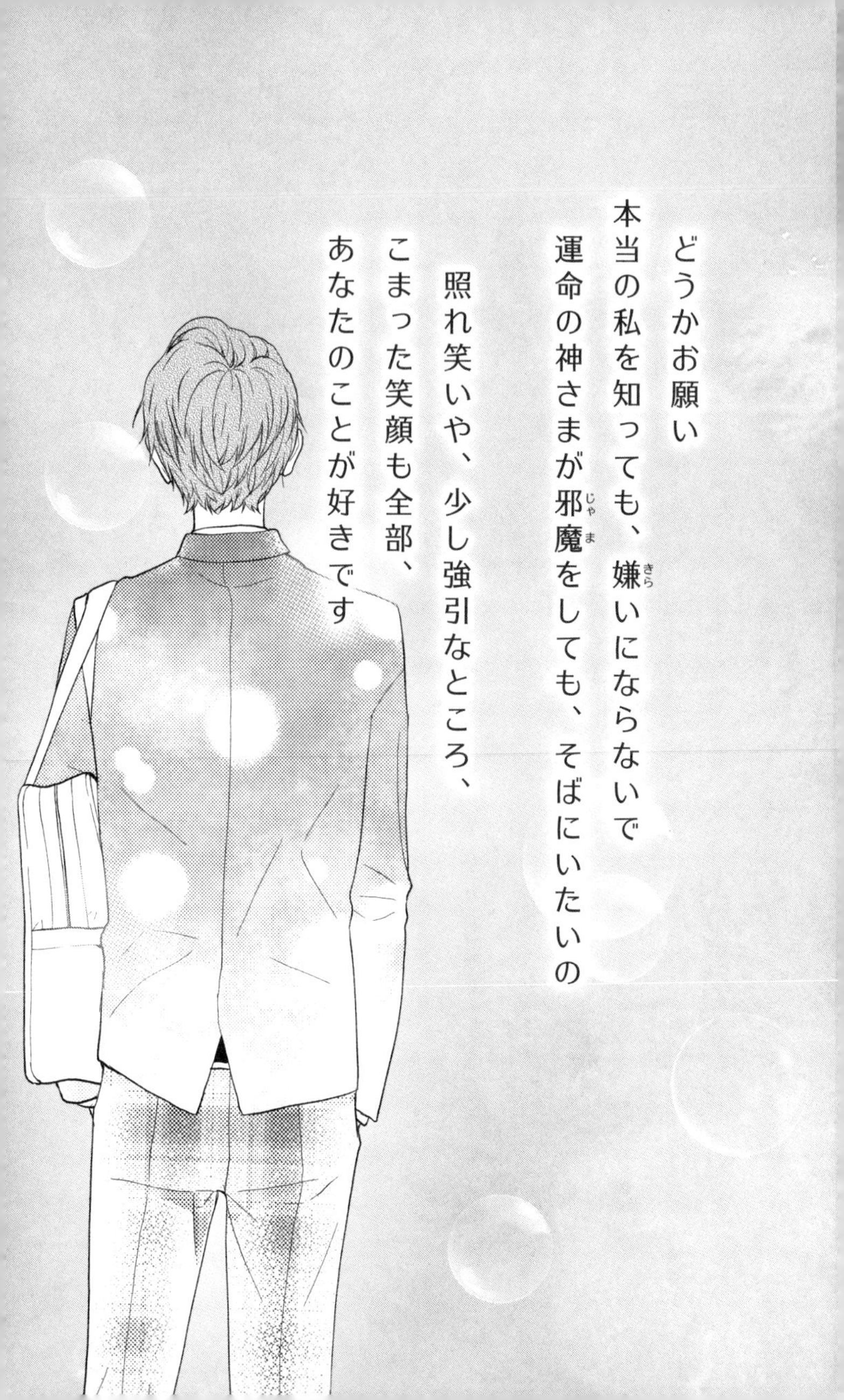
どうかお願い
本当の私を知っても、嫌《きら》いにならないで
運命の神さまが邪魔《じゃま》をしても、そばにいたいの
照れ笑いや、少し強引なところ、
こまった笑顔も全部、
あなたのことが好きです

登場人物

桐《きり》谷《や》拓《たく》

陸南工業高校３年生

岩《いわ》本《もと》すみれ

光《ひかり》丘《おか》学園高校１年生。
美術部に所属。父親は
陸南《りくなん》工業高校の教師。

もくじ

レント
拓の幼《おさな》なじみ
ミコ
すみれの親友
エリ
すみれのクラスメイト
サモン
拓の同級生

1　恋《こい》じゃない

お父さんの携帯《けいたい》が夜に鳴りだすときは、大抵《たいてい》ロクでもないことが起こっている。

それがうちの暗黙《あんもく》の了解《りょうかい》だった。

ため息と共に携帯を片手《かたて》にリビングを後にするお父さんの姿《すがた》を、何度見ただろう。

そしてもどってこない。

いき先は警察《けいさつ》だったり、繁華街《はんかがい》だったり。

お父さんの携帯が夜鳴るようになったのは、私《わたし》が中学生になってからだし、お父さんが夜に家にいないからといって、さみしいと思うような年齢《ねんれい》はもうすぎていた。

ただ嫌《いや》だなと思ったくらい。

反抗期《はんこうき》らしい反抗期もなかった私は、お父さんのことが嫌《きら》いじゃなかったし、単純《たんじゅん》にお父さんに迷惑《めいわく》をかけるその存在《そんざい》をにくらしく思っていた。

それはお父さんも同じだったと思う。

そして事あるごとにこういうようになった。

「陸南《りくなん》工業高校の生徒には近づくな」

そんな私のお父さんは、陸南工業高校の教師になって、今年で五年目だ。

陸南工業高校は家から二駅離《はな》れた場所にあったから、私がその高校を実際目にしたことはない。

ただ陸南高校の生徒は見たことがある。私は自転車通学だったけれど、駅の前を通っていくから、電車から陸南の生徒が降《お》りてくる場面には、たまにでくわす。彼《かれ》らを実際目にするまでは、陸南に通ってる生徒は、全員超《ちょう》がつくほどのヤンキーで、目が合えば必ずからまれると思いこんでいた。

だってお父さんの愛車だったレクサスのボンネットがぼこぼこになっていたり、お父さんの悲しそうな顔を見てきたから。だから近くを通ればすごい勢いで目をそらし、うつむくことに専念《せんねん》したし、自転車をこぐスピードも速くした。

そうして意識しまくってるのは私だけで、実際彼らからしたら私なんて、道端《みちばた》のアリンコと同レベルに違《ちが》いない。陸南の生徒は想像していたヤンキーとは少しちがって、見た目が派手《はで》なチャラい人達って感じだった。

中学から私立《しりつ》の女子中に通う私に、男子への免疫《めんえき》なんてあるはずもなく、ヤンキーだろうがチャラ男だろうが、苦手な分野であることに変わりはなかった。

お父さんが苦労している別世界に、私《わたし》が足をつっこむことは、まあ絶対にないだろう。

その日の帰りまで、私は本当にそう思っていた。

「今日あいてる人ー。青陵《せいりょう》との合コンあるけどいくー？」

放課後の教室ではお決まりの誘《さそ》い文句がかけられ、立候補《りっこうほ》の手もパラパラとあがる。

中高一貫《いっかん》教育の女子校だから、周りからはお嬢《じょう》さま学園だと思われがちだけれど、ここ光丘《ひかりおか》学園は、フタをあければふつうのＪＫ《ジェーケー》の集まりだ。

私だって父親が公務員というおかたい家柄《いえがら》であるものの、れっきとした庶民《しょみん》だもの。

お隣《となり》の青陵学園は良家のお坊《ぼっ》ちゃんが多く、光丘学園の女子は青陵学園の生徒と付き合えるということが、ステータスの一つになっていた。

「青陵だって！　すみれどうする⁉」

ミコちゃんがそわそわした様子で、私の席までとんでくる。

私もミコちゃんも積極的に合コンに参加できるタイプではないけれど、やっぱり内心は青陵との合コンにあこがれる気持ちはある。

「私はいいやあ。今日は絵を描《か》きにいくよ」

「あ、そっか。ポスター描いてるんだっけ」

「うん。コンクールの締《し》め切り近いからさ。合コンはまた今度一緒《いっしょ》にいってみよう」

お父さんがきいたら、とんできて怒《おこ》りそうな話だ。もっとも私とミコちゃんじゃ行動力にかけるから、実現するかはわからないけれど。

それでも秘密《ひみつ》の約束はわくわくする。私達は顔を見合わせてふふっと笑った。

自転車置き場でミコちゃんと別れ、絵の具セットとカバンを前カゴに入れると、私はいつもと同じように自転車をこぎだした。

いつもは部室である、美術室で絵を描いていくことが多いけれど、今日はポスターのモチーフにしている裏山《うらやま》の木を見ながら、色をつけるつもりだった。

自転車で十分ほどこぐと、最寄りの駅前を通る。

駅前にはたいてい陸南《りくなん》の制服を着た子達がいるので、いつも緊張《きんちょう》の一瞬《いっしゅん》だった。

なるべく下を向いて、頬《ほお》にかかる髪《かみ》の毛で表情をかくして。いつもみたいにスッと通りすぎる。

心の中でそんな自分をシミュレーションしながら自転車をこいでいたのに。

突然《とつぜん》スカッと足にかかる負荷が軽くなったかと思うと、次の瞬間《しゅんかん》にはシャーッとチェーンがかろやかにまわる音がきこえた。そして次の回転からは、こいでもこいでもタイヤに動力が伝わらなくなった。

経験があったから、チェーンがはずれたんだってことは、すぐにわかった。ただ、通学路のうちで最も止まりたくない場所で起こったアクシデントを、すぐに認《みと》めることができずに、こげない自転車で、しばらく前へ進んでしまった。だけど動力のない自転車は当然のごとくスピードを落とし、駅前のロータリーを通りすぎたところで私《わたし》は、片足《かたあし》を地面についてしまった。

仕方なく自転車から降《お》りて、チェーンのあたりをのぞきこんでみる。

やっぱりはずれてる……ってわかったところで、自力では直せない。

中学のときは近くに自転車屋さんがあったから直してもらえたけれど、高校とは逆方向だ。

「はあ……。絵を描《か》きにいきたかったのに」

いったん家に帰って、自転車屋さんにいかなきゃならない。今日は裏山《うらやま》にいってる時間はないっぽい。

「帰ろ……」

しょんぼりと、のれない自転車を押《お》して歩きだしたときだった。

「あ、光丘《ひかりおか》の子じゃん」

うしろから雑談をしながら歩いてきた男子学生のひとりが、そうつぶやいたのがきこえた。

深い意味はなかったと思う。ただ私《わたし》が光丘学園の制服を着ていて、それが目についただけ。だけど私の背中《せなか》はピシリとかたまってしまった。だってさっきまでロータリーにはたくさんの陸南《りくなん》工業高校の男の子達がたむろしていたのだから。

陸南の子とはかぎらないし。

第一、私に話しかけられたわけじゃないし。

いつもの『必殺うつむき加減の技《わざ》』でこわばった表情をかくし、足を前に運ぶことだけに専念《せんねん》する。

だけど自転車を引いている私と、手ぶらの彼《かれ》らとじゃ、歩くスピードにはかなりの差があるらしく、話し声はあっという間に近づいてきて、横を通りすぎた。

視界《しかい》に映《うつ》る濃《こ》いグレーのチェックが入ったズボン。

ああ、やっぱり陸南の制服じゃん。

からまれませんように、という私の願いは神さまにききとどけられたのか、彼らはすんなりと私の視界から消え去った。

たぶん五人くらいは横を通っていったと思う。関わり合わずにすんだという安心感から、少しずつ周りの雑音がもどってくる。私は声にださないようにふーっと息を吐《は》きだすと、彼らのうしろ姿《すがた》を確認《かくにん》すべく、ようやく顔をあげた。

私《わたし》が前方を歩く彼《かれ》らを確認《かくにん》するのと、その内のひとりがこちらをふりかえるのとが、同時だった。

不意打ちで思い切り目が合う。

茶色い頭の背《せ》の高い男の子。

反射的《はんしゃてき》に私は不自然なくらい勢いよく、うつむいてしまった。

今ので気を悪くしたらどうしよう。なにか文句いわれたらどうしよう。

怖《こわ》くて足が進まなくなった。

今度はお父さんのへこんだ車が脳裏《のうり》をよぎる。だけど私に声をかける人はだれもいなかった。

ああ、ビックリした。

五分くらいのことだったはずなのに、精神的には一日分くらいつかれちゃったよ。

だけどさっき目が合った男の子……すっごくかっこよかったなあ。

余裕《よゆう》が生まれるとさっきのできごとを、頭の中で再生できるようになった。

その中であの彼の顔を思いうかべる。

たしかに髪《かみ》の毛は茶色かったけど、怖いって感じはなくて、ふわんとしたやわらかそうな髪の

毛とか、スッキリした切れ長の瞳《ひとみ》とか。どっちかっていうとさわやかな感じだったなあ……。

「ねえ」

「わぁっ！」

ボーッとしながら歩いていたから、私《わたし》は前方の彼が走ってもどってきたことに、声をかけられるまで全く気づいていなかった。

り、陸南《りくなん》‼

うわあああ、どうしよう！

もどってきたのはさっき目が合った素敵な彼で、それなのに私の頭に瞬時《しゅんじ》にうかんだのは『近づいちゃいけない制服』だった。

「それ」

からまれる、文句いわれる。そして自転車ボコボコ。

頭の中で偏見《へんけん》きわまりないシミュレーションがくりひろげられる。彼が陸南生である以上、実際近づかれれば、トキメキよりも恐怖《きょうふ》の方が大きかった。

「チェーンはずれちゃったの？」

「……え？」

恐怖でギュッと目をつぶる私にかけられた声は、意外にもさわやかでやさしくて、私はつい目をパッチリあけて彼《かれ》を見てしまった。

くっきりとした二重《ふたえ》の大きな瞳《ひとみ》が、不思議そうに私の顔をのぞいている。私の返事を待ってるんだと気づいて、あわてて首を縦《たて》にふった。

スッと彼が自転車の脇《わき》にしゃがみこむ。

それで彼が自転車の状態を見てくれるつもりなんだと気づいた。

「あの……っ。はずれてるけど、でもっ。だいじょうぶなんで！　自転車屋さんある場所知ってるし！」

陸南生《りくなんせい》に関わるわけにはいかない。

万が一、私がお父さんの娘《むすめ》だって知られたら、私だってどんな目にあわされるかわからない。

「あ」

顔を直視《ちょくし》できなくて下を向いていたから、私の視界《しかい》には自然と彼の肘《ひじ》から下が目に入った。

手が黒くなってる。きっとチェーンを見てくれようとしてさわって汚《よご》れちゃったんだ。

どうしよう……。

「直ったよ」

「えっ？」

おどろきで思わず顔をあげてしまう。目が合った彼《かれ》は、私《わたし》の顔を見るとニコッと笑った。

うわぁ……。

自転車が直ったという事実を確認《かくにん》するより先に、彼の笑顔を見て、心が舞《ま》いあがってしまった。

ひとなつっこくて、やさしくって。

心に花が咲《さ》く。世界が一瞬《いっしゅん》で鮮《あざ》やかに色づいたような感覚。

こんなに素敵にほほえみかけてくれるこの人が、本当にあの陸南《りくなん》工業高校の生徒なの？

「じゃあね」

私がポーッとして返事もしないでいると、彼はちょっと笑って私に背中《せなか》を向けた。

あっ、いっちゃう。

あわてて自転車を引いて追いかけようとすると、さっきの異音《いおん》はもう響《ひび》かなくて、自転車は本当に直っていた。

「えっ、直ったの？　ホントに⁉」

思わず声をあげると、彼がふりかえって教えてくれた。

「コツさえつかめば簡単《かんたん》に直せるよ。わざわざ自転車屋にいかなくても」

「あっ、あのっ、ありがとうございましたっ！」

ようやくお礼の言葉が口からでてきた私を不審《ふしん》がることもなく、目の前の彼はニコッと笑ってくれた。

「べつにいーよ。じゃあね」

そういって今度こそ去っていこうとした彼を、私は無意識に引き止めていた。

「あっ、待ってください！」

「え？」

「じ、住所……！　お礼をしたいので住所教えてくださいっ！」

私にしては大胆《だいたん》な発言ができたのは、初対面の人にこんなに親切にしてもらって、そのままにしたらそれはそれで親に怒《おこ》られる気がしたからだった。

そんな私を見て、目の前の彼がプッと笑う。

「住所？　なんで住所？　ふつう電話番号とかじゃね？」

「え……」

笑われたことで顔が赤くなるのがわかった。

私の頭の中ではお母さんに相談して、菓子折《かしお》りでも送ろうとしか思ってなかったのに、どうやら彼《かれ》の常識とはちがうらしい。

「電話じゃ菓子《かし》折《お》り送れない……」

「え？　なに？」

「いえっ、あの電話番号を……！　できれば住所も！」

「そこ、こだわるね。べつにいーけど、うちすぐそこだし」

なんで電話番号がいるのかよくわからないまま、彼におかしなやつと思われるのが嫌《いや》で、ついつい電話番号まできくハメになってしまった。

彼がポケットからスマホをとりだしたから、あわてて自分のも制服のポケットからひっぱりだす。

うわぁ、男の子と電話番号を交換《こうかん》するとか……。今日は人生初のイベントが起こりすぎる。

通信するために画面を近づける、それだけで頭がゆだりそうだった。

彼の連絡先《れんらくさき》を受信すると、『桐谷《きりや》　拓《たく》』と彼のフルネームが表示される。

桐谷くんていうのか……。

流れで自分のデータを送信しようとして、ハッと我《われ》に返る。

自分のデータを送信したら同じように自分のフルネームが送信されるわけで……。

ダメッ。

パッと自分のスマホをひっこめると、桐谷くんはキョトンとした表情をした。

特別変わった苗字《みょうじ》じゃない。だけどありふれてるわけでもない。

『岩本《いわもと》』なんて。お父さんが学校で『岩ヤン』て呼《よ》ばれてることなんて。

私《わたし》の苗字をきいたら、連想するんじゃないの……？

「えっと……ありがとうございました！」

そのままスマホを自分のポケットにおしこんで、愛想笑《あいそわら》いをうかべてみる。彼はちょっと困《こま》ったように笑い、「そっちのは教えてくれないの？」と当然の疑問《ぎもん》を口にした。

「えっと……」

「ん？」

「あ、あとで」

「え？」

「あとでメールしますっ」

苦しいいい訳《わけ》をしながら、男の子にメールなんて本当にできるの私？　と頭の中で自問する。

桐谷くんはおかしいと思っただろうけど、深く追求せずに「うん」といってくれた。

「じゃあ名前くらい教えてよ」

「……す、すみれです」

「すみれちゃんね。かわいい名前」

苗字《みょうじ》を名のらないのは不自然かもと思ったけれど、会話はスムーズに流れた上、最後にはとんでもないことまでいわれてしまった。

『かわいい』だって！

どうしよう、うれしい！

ミコちゃんがきいたら「名前がでしょ」って頭をパコッとはたいて、ツッこむところに違《ちが》いない。「軽すぎるんじゃない？」なんて眉《まゆ》をひそめるかもしれない。桐谷くんは見た目さわやかだけど、女の子の扱《あつか》いには慣れているのかもしれない。

そう思うと勝手にもりあがっていた気持ちが、少ししぼんだ気がした。

そんな私《わたし》の気持ちなど知るよしもなく、桐谷くんが歩きながら私を待つそぶりを見せるから、流されて自転車を押《お》したまま一緒《いっしょ》に歩きだしてしまった。

「すみれちゃんは光丘《ひかりおか》なんだよね。制服かわいいよね」

「……は、はあ」

「やっぱお嬢《じょう》さまなの？」

「えっ、いやっ。いたってふつうの庶民《しょみん》ですっ！」

たぶんふつうの世間話なんだろうけど、自分のことをきかれると、お父さんのことをさぐられてるんじゃないかと心臓《しんぞう》がドキドキする。回答の一コ一コに注意を払《はら》わなくちゃいけない。男の子との会話なんて、ただでさえ緊張《きんちょう》するのに、さらに気を回さなきゃいけなくて、頭の中がパンクしそうだった。

「き、桐谷くんは……」

「ん？」

「本当に陸南《りくなん》高校の生徒なんですか……？」

質問ばかりされてると分が悪いという判断から、質問する立場に転じてみたつもりだった。だけど口からでたのは心の中の疑問《ぎもん》であって、口にだすべきものじゃなかった。案の定、右ななめ前を歩く桐谷くんは、キョトンとした顔でふりかえった。

「そうだよー。てかなんで敬語《けいご》？　すみれちゃん何年？」

「一年……です」

「俺《おれ》三年だから、すみれちゃん後輩《こうはい》かー」

ガガンと頭の上に石を落とされた気持ちになった。

お父さんが受けもっているのも三年なのだ。

自転車のハンドルをもつ手のひらが、汗《あせ》ばんでいるのがわかった。

「あ、俺《おれ》んちここだよ」

桐谷《きりや》くんが急に立ち止まったから、ふと横を見ると、そこは自動車かなにかの整備工場のようだった。シャッターのあいたガレージの中にはバイクが数台置いてある。

本当に駅のすぐそばだったんだ……。

しかもこの道なら通学経路で毎日通っている。こんなところにこんな素敵な男の子が住んでいただなんて、ちっとも気がつかなかった。

これなら菓子折《かしお》り送るよりも直接《ちょくせつ》もってきた方が早いかも……。

でもそんな大胆行動《だいたんこうどう》、私《わたし》にできる？

やっぱり住所きくべき？

別れの挨拶《あいさつ》もいわずに考えこんでいる私をどうとったのか、桐谷くんはクスッと笑って、二階の自宅《じたく》部分と思われる建屋を指さした。

「あがってく？」

「へっ？　いやっ、あ、あがっていきませんっ」

あわてて頭をこれでもかってぐらいに、ぶんぶんとふって拒否《きょひ》を示す。

「そ？　じゃ、また今度ね」

どこまで本気だったのか桐谷くんはさして残念そうな顔も見せずに、軽く手をふると二階へあがる外階段《そとかいだん》をかけあがっていく。それをボーッと見つめていたけれど、こんなんじゃ、ますます不審者《ふしんしゃ》に思われると思い直して、急いで自転車にのってその場を離《はな》れた。

ドキドキと高まる気持ちをおさえきれないまま、当初の目的地である丘《おか》に向かった。

そこからは描《か》いてる裏山《うらやま》の木がよく見えるのだけれど、とても絵なんか描ける精神状態じゃない。心の中は複雑な色が入りまじっていて、単なるピンク色じゃない。

お父さんのこと。

あんなにさわやかで素敵な彼《かれ》の言動が、どうも女の子慣れしてそうだということ。

そのことがふわふわとうわついた気持ちに、暗い影《かげ》を落とした。私は彼の見た目や雰囲気《ふんいき》に流されてミーハーな気持ちで、はしゃいじゃってるだけかもしれない。

そう。

きっとこんなのは恋《こい》じゃない。

2　二度目の再会は……

本当はミコちゃんに話したかった。こんなすごい体験を私《わたし》ひとりの心の内にとどめておけない。

だけど私の口を貝のようにとざしたのは、やっぱり彼《かれ》が陸南生《りくなんせい》だということだった。

お父さんが教師だってことは、学校の友達には話していない。

もちろんお父さんやお母さんにもいえない。

助けてもらっただけなんだから、いったっていいはずなのに、なぜか私はいえなかった。

だから私が思い描《えが》いてた立派《りっぱ》な菓子《かし》折《お》りは、買えなかった。

彼へのメールもできていない。

桐谷《きりや》くんに助けてもらって、もう一週間がたとうとしてる。

あせった私は金曜日の朝早起きをして、お母さんに内緒《ないしょ》でクッキーを焼いた。

朝一番で彼の家へとどけようと思ったのだけれど、お母さんにバレないように痕跡《こんせき》をのこさず片《かた》づけをするっていうのが意外に大変で、時間がなくなってしまった。

やっぱり朝、郵便《ゆうびん》受けに入れておけばよかった。

学校について授業が始まると、すぐにそんな後悔《こうかい》が私をおそった。

カバンの中にひそんでるクッキーの存在《そんざい》が気になりすぎる。彼に渡《わた》すには少なくとも放課後まで待たなくちゃいけないのに、すでに緊張《きんちょう》で吐《は》きそうだ。

「岩本《いわもと》さん、次訳《やく》して」

「うわ、ははは いっ」

突然《とつぜん》先生に当てられて、質問の場所がわからずに目が泳ぐ。

予習はちゃんとしてきたのに、怒《おこ》られるハメになってしまった。


「今日陸南との合コンいく人ー」

「ブホッ」

昼休みに合コンのメンツ集めがおこなわれるのなんて、めずらしい光景じゃないのに、それがよりにもよって陸南相手だったりするから、思わず飲んでたアイスティーが気管に入ってむせてしまった。

私《わたし》らしくもない奇妙《きみょう》な行動に、ミコちゃんはあきれるというよりおどろいて、目を丸くしていた。

「ちょっと、すみれ、だいじょうぶ？　今日なんか変じゃない？」

「へっ、変じゃないよ……っ」

「そう？　じゃあさ、陸南《りくなん》との合コンいってみない？　次はいこうねって、すみれもいってたよね？」

「へぇえええええ!?」

「あっ、ミコとすみれ参加希望ー？」

「あっ、うん。初めてだけど、参加してみたいねって、すみれといってて。ねっ」

「へぇえええええ!?」

衝撃《しょうげき》のあまり、すっとんきょうな声ばかりをあげていたら、ついにミコちゃんからジロリとにらまれてしまった。

ミコちゃんからしたら、私は土壇場《どたんば》でにげようとしているうらぎり者だろう。

だけどちがう。ちがうんだよ、ミコちゃん……！　陸南はダメなんだってば……！

合コンの主催者《しゅさいしゃ》でもあり、クラスでもリーダー格のエリちゃんは、私達《わたしたち》を頭数に入れて「よっしゃ、メンバーそろった！」と募集《ぼしゅう》を締《し》めてしまった。

ショックで放心状態の私の肩《かた》をミコちゃんがポンとたたいていう。「こういうのって勢いが大事だよ、すみれ」と。

たしかに合コンに参加するっていう大冒険《だいぼうけん》は、いつかしてみたいと思ってた。だけどそれが今日で、相手が陸南でなきゃいけない理由はない。

クッキーは桐谷《きりや》くんに渡《わた》せなくなっちゃうし、これ以上陸南の生徒に近づくことになっちゃうしで、むしろ私にとっていいことなんてひとつもない。それでも断れなかったのは、ハッキリいえない私の性格もあるけれど、心のどこかでこのクッキーを彼《かれ》に渡せなくなるにげ道をさがしていたせいかもしれない。

臆病《おくびょう》な私は桐谷くんに再び会いにいくことを選ばずに、放課後エリちゃん達と駅前のファミレスまで自転車をひいて歩いた。

クッキーはもうその存在感《そんざいかん》を失って、カバンも少し軽くなったように感じる。ホッとした気持ちと、早起きして奮闘《ふんとう》した労力が無駄《むだ》になったことへの虚《むな》しさがまざる。

結局私は、にげただけ。

しかもにげ場は安息の地でもない。

思わずふーっとため息を吐《つ》くと、隣《となり》を歩くミコちゃんが「私《わたし》も深呼吸《しんこきゅう》しとこう」と深く息をすった。

合コン相手の男の子達は、いつも駅前で見かける陸南生《りくなんせい》となんら変わりはなかった。明るい髪《かみ》の色とピアス。

初めての合コン相手にしては、ハードル高すぎだと思う。

だってさっきまでテンション高かったミコちゃんも全然しゃべってない。

自己紹介《じこしょうかい》が始まったときはどうしようかと思ったけれど、エリちゃんや他の子も名前しかいわなかったから、フルネームの恐怖《きょうふ》からは難《なん》なく逃《のが》れることができた。

緊張《きんちょう》と不安でやたら喉《のど》が乾《かわ》く。ドリンクバーのお代わりをとりにいきたいけど、自分の意志では動けそうになかった。

ななめ前に座《すわ》る男の子が、やたらと声をかけてくれる。

名前はケッチくん。

本名は名のらなかったからわからない。

坊主頭《ぼうずあたま》がちょっとのびたくらいのチクチクヘアーだった。

これが黒髪《くろかみ》だったらスポーツ少年ぽくて安心できるのに。

「すみれちゃんはふだん、なにやってんの？」

ズズズッと音をたてながらケッチくんが、ストローでコーラをすする。

話しかけられる度に心臓《しんぞう》がビクッとはねたけれど、なるべく平静をよそおって答えた。

「絵を描《か》いたり……とか？」

「へー、夢はマンガ家？」

「いやっ、夢っていうか部活で……」

「あー、そっち？　俺《おれ》も部活やってたよー。もう引退しちったけど」

「え⁉」

「え？」

「そこおどろくとこ？」なんてケッチくんは不思議そうな顔をしてくる。丸い瞳《ひとみ》がさらにまんまるになっている。

「俺、部活少年に見えない？」

「そ、そうじゃなくて……」

いや、たしかに部活少年には見えないけども。

問題はそこじゃあなくって。

「……三年生？」

しぼりだした声はわずかにふるえていた。

なんでこの短期間に陸南《りくなん》高校の三年生というかぎられた人達と、次々《つぎつぎ》知り合わなきゃならないんだろう。

「そーそー。三年がどうかした？　知り合いでもいる？」

ケッチくんの鋭《するど》い読みに、冷や汗《あせ》が流れる。

知り合いもなにもお父さんだよ……！　なんてことはもちろんいうつもりはないから黙《だま》ってしまうと、奥の席《せき》の方から声がきこえた。

「あー、あー！　思いだした！　この間、タクと歩いてた子じゃねえ？」

その名前にドキンと心臓《しんぞう》がはねるのは、なにも彼《かれ》が大きな声をだしたからじゃない。

——桐谷《きりや》　拓《たく》。

名前をきいたわけでもないくせに、私《わたし》の頭は勝手にあの彼の名前をインプットしてしまっていたのだ。

「えっ、なんだ。すみれちゃん、タクの友達だったの？」

「と、友達っていうか……」

「そうそう、光丘《ひかりおか》の子と歩いてるなんてめずらしいじゃん？　だから紹介《しょうかい》しろってたのんだのに、また今度ーとかいっててあの野郎《やろう》」

一番奥に座《すわ》る彼《かれ》は、たしか名前をサモンくんといった。

サモンくんは桐谷《きりや》くんのお友達らしい。

ちなみに私《わたし》は桐谷くんのお友達じゃないですけど。

ケッチくんとサモンくんは「じゃー、タク呼《よ》ぶか」なんてもりあがっている。

桐谷くんにもう一度会える。

その事実だけで現金な私の心臓《しんぞう》は、ドキドキと期待で高鳴った。

だけどそれは私だけじゃなかったらしく、「えーっ、桐谷くんに会えるの⁉」と離《はな》れた席から
エリちゃんの歓声《かんせい》がきこえた。

エリちゃんも桐谷くんと知り合い……？

「呼ぼう、呼ぼう！　ていうかすみれ、桐谷くんと知り合いだったの⁉」

「え、知り合いってほどじゃ……」

「もー、早くいってよ！　だったら絶対、最初から桐谷くん呼んでたのにぃー」

「ちょっとエリちゃん、それ俺《おれ》らに失礼ー！」

「ミヨシも桐谷くんと知り合いなら、早くいえっつーの！」

「俺はサモンほど面識ねーもん。大体アイツ呼んだら、女の子みんなもってかれちゃうし、つまんねーじゃん」

幹事のミヨシくんは桐谷くんを呼ぶのが不満みたいだけど、女子の期待度の高さに結局サモンくんが電話をかけることになった。

エリちゃんは桐谷くんの知り合いじゃなく、ファンみたいなものだっていってた。

やっぱり私には別世界の人なんだなあって改めて実感する。陸南《りくなん》っていう高い壁《かべ》の向こうにいるだけじゃない、さらに壁は高くなってしまった。

「すみれちゃんも桐谷ファンなの？」

ケッチくんが小声でボソッときいてくる。

ファン……？

その響《ひび》きには、正直ものすごく違和感《いわかん》があった。

だけど私は桐谷くんのことをなにも知らないし、このふわふわした感情は、あこがれに近いのかもしれない。

だとしたら私も桐谷くんのファンといわれても、無理はないかもしれない。

だから私《わたし》は首をかしげつつも、小さくうなずいてしまった。

「えー、すみれちゃんみたいな子でも、桐谷《きりや》がいいんだ⁉」

明らかにガッカリしたようにケッチくんにいわれて、しゅんとなった。

まるで私みたいな目立たない子に、桐谷くんは高望みすぎるっていわれたみたいで。

桐谷くんが現れる前に、なんとかがんばろうとしたらしい男子陣《だんしじん》が、二度目の席替《せきが》えをしている最中に、桐谷くんは現れた。

どこかで遊んでもいたのか、もう夜なのに、桐谷くんは制服のままだった。

この間となにも変わらないさわやかな笑顔。

エリちゃん達の歓声《かんせい》があがる。

私はカチコチにかたまってしまって、ただうつむいてテーブルの上に視線《しせん》を落としていただけだった。当然桐谷くんは一度会っただけの私の存在《そんざい》に気づくこともなく、私とは反対側のテーブルの一番端《いちばんはし》に座《すわ》った。

向かい合う席《せき》の端と端に座った私達は、視線が合うこともない。というか、緊張《きんちょう》してそちらに顔を向けられない。ときおり、エリちゃんが「桐谷くん」と呼《よ》ぶ高い声だけが、彼《かれ》が同じ空間にいることを私に教えてくれる。

やっぱり遠い存在《そんざい》。

現実はこんなもんか。

もともと彼は陸南生《りくなんせい》だし、彼とどうこうなりたいなんて思っちゃいけないんだし。

前に座る男の子は私の反応が悪いからか、ミコちゃんの方に積極的に話しかけている。

ひとりポツンとさびしいけれど、気づかれしながらしゃべるよりもよっぽどいいやとメロンソーダをすすった。

合コンって何時間続くんだろう。

桐谷くんが途中参加《とちゅうさんか》してから三十分くらいたったころには、私はそんなことを考えていた。

「そうなんだよ！　岩ヤンが没収《ぼっしゅう》したまま返ってこねえの！」

だけどそこで突然《とつぜん》きこえてきた単語に、息が止まりそうになった。

発言者はどうやらミヨシくんで、お父さんに読みかけの漫画《まんが》を没収されたらしい。そこから「岩ヤン」の悪口大会が始まってしまった。

掃除当番《そうじとうばん》をサボって校庭で正座《せいざ》させられたとか、進路相談にこなくて竹刀《しない》もって追いかけまわされたとか。

私からすればそんなの全部自分が悪いんじゃんって思うようなことばかりだったのに、彼らは平然とお父さんの悪口をいっている。お父さんが夜中まで仕事をしている姿《すがた》だとか、呼《よ》びだされてでていくうしろ姿だとかを思いだして、胸《むね》が苦しくなってきた。

へこんだ車。

中止になった夏休みの家族旅行。

そんなのミヨシくん達に直接関係ない。彼《かれ》らを責めるのはおかど違《ちが》いだってわかってるのに、瞳《ひとみ》に涙《なみだ》がたまってどうしようもない。

お父さんがどんな先生なのかなんて、知らない。

だからすばらしい先生だなんて、自慢《じまん》に思ってるわけじゃない。

それでも家族をこんなふうに笑い者にされたくない！

つもりつもった思いが爆発《ばくはつ》するように、私《わたし》は勢いよくソファから立ちあがった。

突然《とつぜん》立った私に「おっ、ビックリしたー」と前の席の子が声をあげる。

「ふざけないで！」ってタンカを切れれば、かっこよかったと思う。

だけど我慢《がまん》の限界にきていたはずの私なのに、口はギュッと結んだままで、なんの言葉もでてこなかった。

「すみれ……？」

ミコちゃんが心配そうに見あげている。

それで私はハッと我《われ》に返って、あわててそばに置いてあったカバンをひっつかんだ。

「あ……、用事があるから帰ります……」

「え、ちょ、すみれ!?」

ミコちゃんの声が追いかけてくる。私はそれをふりきるように早足で、ファミレスの外へとにげだした。

外にでると初夏独特のもわっと湿気《しっけ》をふくんだ熱気が身体《からだ》を包む。うしろで自動ドアが閉《し》まるのと同時に、瞳から涙がこぼれ落ちた。

「うー……」

目をギュッとつぶって、下に涙を落とす。

これはくやし涙だ。かっこ悪い自分への。

くやしいなら、お父さんは悪くないって堂々《どうどう》といえばいいのに、いえない自分のふがいなさが、嫌《いや》になってどうしようもない。

目をこすってトボトボと歩き、自分の自転車をうごかそうと、カギをさしこんでいたときだった。

「すみれちゃん」

一瞬《いっしゅん》、幻聴《げんちょう》かと思った。

目の前の道路はたくさんの人であふれかえっていたし、ファミレスの前に溜《た》まっていた人達もたくさんいたから。

だけどこのさわやかな声。

おそるおそるふりかえると、そこには幻《まぼろし》じゃない本物の桐谷《きりや》くんが立っていた。

信じられない思いと、急上昇《きゅうじょうしょう》する心拍数《しんぱくすう》に、呼吸《こきゅう》が追いつかなくて苦しくなる。

「ひさしぶり」

まるで今きたみたいな桐谷くんのセリフがおかしくて、私《わたし》は今が二回目の再会なんだと錯覚《さっかく》しそうだった。

「ひ……さしぶり……です……」

どうして桐谷くんがこんなところにいるの？

彼《かれ》が私を追いかけてきてくれたの？

まさか。

だってそんなの。

意味が、わからない。

軽くパニックにおちいってる私をよそに、桐谷くんは私が手にしていた自転車のハンドルをうばいとると、私の自転車をひいて歩きだしてしまった。

「え？　え？」

「家帰るんでしょ？　方向同じだし送ってくよ」

頭の中にうかぶフレーズはなんで？　ばかりだった。

けれど桐谷くんが歩きだしてしまったので、つられるように私も足を進めてしまった。

「えと、あの……」

「ん？」

「なんで……？」

警戒《けいかい》するようにたずねてしまう私は、かなり失礼な態度だったと思う。

だけどこのときは疑問《ぎもん》がありすぎて、そんなことにかまう余裕《よゆう》はなかった。

「なんでって？」

だけど桐谷くんは気分を害する様子もなく、不思議そうにたずねてきた。まるで送るのが当然、みたいな態度にますますわけがわからなくなる。

「どうして桐谷《きりや》くんが……？」

「え？　方向同じなの俺《おれ》だし、すみれちゃん人見知りはげしいんだって？」

「え……？」

私《わたし》のとまどいが表情に表れていたからか、桐谷くんは「エリちゃんって子がそういってた」と教えてくれた。

「ああ……」

合点がいって小さくうなずく。

エリちゃんは場をもりあげられない私のことを、人見知りがはげしいから、といい訳《わけ》してくれたんだろう。今日私がしゃべれなかったのは、決して人見知りが理由だけではなかったんだけれど、この場ではそういうことにしておいた方が無難《ぶなん》だと思った。

さっきの「岩ヤン」の悪口に桐谷くんが参加していたかどうかまでは覚えていないけれど、きっと彼《かれ》も陸南《りくなん》の生徒だから、お父さんのことを良くは思っていないだろう。そう考えるとなんかさびしいな、とショボンとしてしまった。

「あれ、俺じゃダメ？　あの中じゃ、一応、面識あるの俺だからと思ってでてきたんだけど、俺じゃ不満だった？」

「とととととんでもない……！」

ファンがいるほど人気者の桐谷くんに不満なんてと、ぶんぶん頭をふっていたら、ふりすぎてめまいがしてしまった。

よろける私に桐谷くんが、プッとふきだす。

笑うと目がやさしいんだ、この人。

だから桐谷くんの笑顔は人を幸せにするし、見ると安心できる。

ぽーっと見とれた後、あわてて視線《しせん》を外して、彼のななめうしろを歩くことに専念《せんねん》した。

「だけどすみれちゃんにまた会えるなんて思わなかったなー」

「え、どどどどうしてですか？　私ちゃんとあのときのお礼を……！」

お礼にいく勇気を実際には、だせなかったのだけれど、あれで終わりにするつもりだったとは思われたくなくて、必死で食いさがってしまった。

桐谷くんは「え？　マジで？」と不思議そうな顔をしている。

「だってメールくれなかったし」

「し、しました！　頭の中で二百回くらい……！」

ただ送信ボタンが押《お》せなかっただけだよ……！

下書きには山ほどお礼の言葉が入ってるよ……！

「ぷっ。頭の中で？」

「あ、頭の中で……！」

桐谷《きりや》くんが笑ったところで自分のいい分のおかしさに気づいたけれど、今さらあとには引けない。礼儀《れいぎ》知らずの恩知らずとだけは思われたくないという思いで、必死だった。

あとから思えば十分引かれる行為《こうい》だったと思うけれど、桐谷くんは「そっか、ごめんね気づかなくて」と笑ってくれた。

週末の夜に駅前通りを歩くなんて、今までだったら怖《こわ》くてできなかった。

だけど身長の高い桐谷くんが、そばを歩いてくれているだけで怖くない。

私《わたし》のことを人見知りだと思っているせいか、さりげなくかくすように歩道の内側に入れてくれているし。お父さん以外の、こんなふうによく知らない男の子のそばで安心感を覚えるなんて、そんな自分が不思議だった。

なにげない世間話を桐谷くんがふってくれて、私も一生懸命《いっしょうけんめい》答えてた。緊張《きんちょう》しっぱなしのはずなのに、それはなぜか心地良い時間で、桐谷くんの家のガレージが見えてきたとき、残念に思う自分がいた。

「あ、あのありがとうございました」

ペコリと頭をさげて桐谷くんから自転車をうばいとろうとすると、なぜか彼《かれ》はガッチリハンドルをつかんだまま、「ん？」と離《はな》してくれない。

「あの……、おうちあそこですよね？」

「そうだねー。すみれちゃんの家は？」

「うちは隣《となり》の学区です。もう少し先ですけど、すぐなんで」

「でも危《あぶ》ないし送るよ？」

「え、とととんでもない！　だってお礼もまだしてないのに、これ以上は……！」

「あー、そうだったね。じゃあ、あそこのジュースおごってもらおうかな」

桐谷くんが指さしたのは、公園の前にある自販機《じはんき》だった。

この場でお礼をさせてくれようという桐谷くんのやさしさなんだと気づいて、あわててカバンから財布をだして彼についていった。

桐谷くんの家を越えたすぐ先にある公園で、コーラを二本買った。

そのまま桐谷くんは公園の入り口近くにあるベンチに向かったから、ここで飲んでいくんだと気づいて、ドギマギとあとについていった。

桐谷《きりや》くんが座《すわ》ったベンチにひとり分の間をあけて座る。今日は空には星は見えなくて、うす暗い空に公園の街灯の光だけが、ぼんやりとあたりを照らしている。

自販機《じはんき》の機械音が静かに響《ひび》く。

心臓《しんぞう》の音が桐谷くんまできこえちゃうんじゃないかと思った。

緊張《きんちょう》してるのはもちろん私《わたし》だけで、桐谷くんは買ったコーラをおいしそうにゴクゴク飲んでいる。彼《かれ》の喉仏《のどぼとけ》が上下に揺《ゆ》れるのを見ながら、おいしそうに飲むなぁ、まるでコーラのＣＭみたいだなんて、場違《ばちが》いなことを考えたりした。

「さっきさ」

「えっ？」

桐谷くんが前を見ながら突然《とつぜん》話しかけてきたから、ひそかに観察していたことがバレたのかと思って、必要以上にビクッとしてしまった。だけどその後に続いた言葉は全然ちがうものだった。

「アイツらになんかいわれた？」

「えっ？」

「嫌《いや》なこととか」

「……」

ああ、そうかと思った。

ファミレスをでるとき変な態度をとったから。

やっぱり桐谷くんは心配して追いかけてきてくれたんだ。

陸南生《りくなんせい》の桐谷くんに、本当のことなんていえるわけがない。

だけど桐谷くんが私を心配してくれたんだと思うだけで、心がさびしくなくなるよ。

ありがとう。

「俺《おれ》ら光丘《ひかりおか》の子と話す機会なんてめったにないから、舞《ま》いあがっちゃってさ。ごめんね？」

「……いえっ、ホントになにもないですから」

「合コンで下ネタは止めろって前からいってるんだけど」

「え⁉」

「あれ、ちがった？　アハハ、ごめんね」

いつの間に下ネタなんていってたんだろう。

シマッタって顔した桐谷くんがかわいくて、素直に自分も笑った。私がお礼をしている場面のはずなのに、こうして桐谷くんになぐさめられて、元気づけられているのは私の方だ。

なんかこの人ってすごいなぁと素直に思った。その人気も外見だけのものじゃないにちがいない。

「あー、なんか腹《はら》へったね」

「え⁉　桐谷《きりや》くん、料理食べなかったんですか？」

「パスタたのんだんだけど、エリちゃんのマシンガントークに飲まれて、食べそこねた」

「……はは」

すごいなエリちゃん。

私《わたし》なんて桐谷くんとこうしてふたりで話してるのに、趣味《しゅみ》のひとつもききだせてないよ。

「あっ」

「あ？」

「クッキーだったら……もってますけど……」

いった瞬間《しゅんかん》、顔がゆだったのかと思うくらい、熱くなった。

だけどこの暗さなら気づかれる心配はない。

「マジでー。もらっていい？」

「ちょ、ちょっと待ってください……」

ゴソゴソとカバンをあさり、クッキーの包みをとりだす。

まさかこんなところでこのクッキーが日の目を見るとは思わなかった。

おずおずと包みをさしだすと、桐谷くんは少しおどろいたようだった。

「あれ？　これ手作りじゃないの？　いいの？」

「えと……桐谷くんさえよかったら……」

こっちはこっちで手作りなんて気持ち悪いって思われてるんじゃないかと思って、動揺《どうよう》してしまう。桐谷くんは「えー、本当にいいの？」なんて何度も確認《かくにん》しながら受けとってくれた。だれかへのプレゼントだと思ってるみたいだ。一応リボンをつけてラッピングしてあるから。

それは桐谷くんのために作ったんです。

なんて。

そんなこといえる私じゃない。

だけど今、目の前で桐谷くんがそのクッキーを口に入れてくれている。

それだけでもう十分すぎるほど気持ちは満たされていた。

「うまいー。全部食っちゃいそう」

「……食っちゃってください」

「マジでうまい。ありがとね、すみれちゃん」

桐谷《きりや》くんが指についたクッキーの粉をペロッとなめて、笑顔を見せる。
その瞬間《しゅんかん》、心臓《しんぞう》を打ちぬかれたような衝撃《しょうげき》を感じた。
私《わたし》、この人のこと好きになっちゃったかもしれない。

3　恋《こい》はひそやかに

家に帰るとリビングにはお父さんがいて、それはいつものことなのに必要以上にドキッとする。

「遅《おそ》かったな」

「と……友達とごはん食べてくるって、お母さんにはいったんだけど」

「こんな遅くなるなら電話すればむかえにいったのに。女の子だけじゃ危《あぶ》ないだろう」

「……だ、いじょうぶだった……」

友達とごはん食べたのは『ウソ』じゃない。

だけどそれが女の子だけだったかといえば、それは『ウソ』になる。

そして帰りは桐谷くんに送ってもらったから、危なくなかった。

だけどそれはいえない。

いったら私が『陸南生《りくなんせい》には近づくな』という教えをやぶったことがバレるから。

嘘《うそ》を守り通すために嘘を重ねる。私の心はズキズキと痛《いた》んだ。

「夏になるとウロウロするヤツらも増えるからな。気をつけろよ」

「……うん」

それは陸南生《りくなんせい》のこと？

そう思ったけどきけなかった。陸南生にお父さんの悪口をいわれるのも嫌《いや》だけど、お父さんから陸南生の悪口をきくのも嫌だった。

早々《そうそう》にリビングをあとにして自分の部屋にとじこもる。ベッドの上にねころんで胸《むね》に手を当てると、まだドキドキしていた。

胸が騒《さわ》いで落ち着かないのに、目をとじれば思いうかぶのは、さっきまで会っていた桐谷《きりや》くんのことばかり。

「メールちょうだいね」

帰り際にいってくれた桐谷くんのセリフが、頭の中によみがえる。

ドキドキしながらスマホをだして、寝転《ねころ》がったまま目の前にかざした。

メール、してもいいって。

社交辞令かもしれないけど、迷惑《めいわく》だったらそんなことといわないよね？

『送ってくれてありがとう』

『クッキーおいしいっていってくれてありがとう』

また私《わたし》の下書きフォルダは、お礼の言葉でいっぱいになった。

だけどやっぱりその夜も、私は送信ボタンを押《お》すことができなかった。


「好きになっちゃったよ！」

放課後の教室にはしゃいだ声が響《ひび》く。声の主は例によってエリちゃんだ。

「超《ちょう》かっこいいんだもん！　やさしいし話きいてくれるし！」

それはだれのこと？　なんて。

きくまでもなかった。

「桐谷くんだよう！　あのイケメンの‼」

桐谷くんの名前がでると、その場はわっとわいた。まるで本人がそこにいるかのように。影《えい》響力《きょうりょく》のある人って名前だけですごいんだ。ううう、やっぱりだれだって好きになっちゃうよね。

桐谷くん、だれにでもやさしいんだ。

「エリにはハードル高いよ！」

エリちゃんグループのアンちゃんが、笑いとばすのがきこえた。

アンちゃんは他校の彼氏《かれし》がいるから、昨日の合コンには不参加だった。

「ハイスペックすぎるでしょ、桐谷拓《きりやたく》は」

エリちゃんでハードル高かったら、私《わたし》には棒高《ぼうたか》とびのバー並《な》みに遠いな。

「あー、あとちょっとで電話番号きけそうだったのに、すぐ帰っちゃったんだよね」

「電話番号もきけてないの⁉　エリ絶望的じゃね？　どうやって次会うんだよ！」

すぐ帰った原因である私はバレるわけもないのに、息をひそめて身を縮《ちぢ》こまらせた。

隣《となり》にいるミコちゃんも興味津々《きょうみしんしん》って感じで、エリちゃん達の会話に耳をそばだてている。

「そんなんどうにでもなるでしょ。桐谷くん以外の男子は全員番号交換《こうかん》したもん」

「えー桐谷目当てで他の子使うの？　悪っ」

「昨日ＬＩＮＥ《ライン》でまた遊ぼうってさそったー。夏休みとかさー、めっちゃ楽しみだし！　うち今年の夏は青春するわー」

キャハキャハ笑いながら、エリちゃん達は教室をでていった。

きっと楽しい夏休みを送るんだろうな……なんて、他人事のように考えてみる。

「実は、さ……。私も番号交換したんだよね……」

エリちゃん達がいなくなってから、ミコちゃんがはずかしそうにポツリとつぶやいた。思わぬ発言に、「エッ」と口から変な低い声がもれた。

「ミミミミコちゃんが⁉」

ミコちゃんは仲間だと思ってたのに！

男子と番号交換なんて、いつのまにそんな高度な技術を⁉

なんて大げさにおどろいたところで、そういえば自分も桐谷くんと番号を交換したんだったと気づいた。

いや、正確には交換したんじゃなくて、一方的に教えてもらっただけだけど。

「ち、ちがうよ！　自分からいったんじゃなくて、サモンくんが交換しようっていうから……！」

「う、うん。すごいね……」

「昨日ちょっとだけＬＩＮＥしたの……」

「えっ⁉」

完敗。ミコちゃんは一日で、私の上をいってる。

「ミコちゃん……。なんかすごい……」

私が完全に尊敬《そんけい》の目でミコちゃんを見ると、ミコちゃんは頭を抱《かか》えて横にふった。

「ちがうの……！　すごくなんかないけど、通知きたら無視《むし》できないいんだもん！　どうやって会話きっていいか、わかんないんだもん……！」

その様子はどう見たって、うれしそうなんかじゃない。

ミコちゃん……、サモンくんのこと苦手なのかな。

「嫌《いや》なの……？」

完全に机《つくえ》につっぷしているミコちゃんの表情は見えない。だけどその頭が左右に揺《ゆ》れた。

「そういうわけじゃないけど……、わかんないいんだもん……」

「なにが？」

「男の子とそういうの……。どうやって仲良くなっていくのかわかんないよ……」

心細そうなミコちゃんの声をきいていると、同情する反面安心してしまう。ミコちゃんも私《わたし》と同じなんだなあって。

「なのに遊ぼうっていわれたら断りきれないし……。ホントどうしよう……」

「えぇぇーっ⁉」

「シッ、すみれ！　シーッ！」

今日一番の大きな声がでたところで、とび起きたミコちゃんに怒《おこ》られる。

ミコちゃんは必死の形相《ぎょうそう》だ。

だけど、だって。

「遊ぶの？　ふたりで⁉」

合コンが大冒険《だいぼうけん》だった私達《わたしたち》なのに、ミコちゃんは私の見えないところまで、すっとんでいっちゃったみたいだ。

「どどどどうしよう、すみれ～」

ふえーと情けない声をだすミコちゃんに、私はなんのアドバイスもしてあげられない。

「え、えっと……。いつ？　どこで遊ぶの？」

いきなりミコちゃんがどっかにつれさられちゃったりは……ないと思う。

だけど私の中で長年蓄積《ちくせき》された陸南生《りくなんせい》への偏見《へんけん》は、そう簡単《かんたん》に消え去ってはくれない。男の子とデートの約束をした親友に、おめでとうって気持ちよりも先に、心配な気持ちがムクムクと頭をもたげる。

「来週だよ……。学校帰りに遊ぼうって、むかえにくるって！」

「え、ええっ？　ここまでむかえにくるの？　そんなのすごい目立つんじゃ……」

「だよねー。エリちゃんとかに見られたくないよー。絶対みんなにからかわれるよー……」

ミコちゃんはサモンくんと遊ぶという行為《こうい》よりも、学校のみんなに見られるということの方が、むしろ嫌《いや》みたいだった。

「どうしよう……」

学校帰り。駅近く。私《わたし》は自転車を押《お》して、トボトボと歩いていた。

もうすぐあのガレージが見えるはず。

「家の前で待ちぶせするなんて、絶対にストーカーだよね……」

連絡先《れんらくさき》を知っているというのに、なんで私はこうもかたくなに彼《かれ》へのメールの送信ボタンを押さないいんだろう。

――『私がなんとかする！』

「それなのにどうしてあんなこといっちゃったんだろう……」

私が他人の恋愛沙汰《れんあいざた》に首をつっこむだなんて。それよか自分のことをなんとかしろって感じだよね、私。

なんとかするといったって、私が知ってるのは桐谷《きりや》くんだけなんだから、桐谷くんを通してサモンくんに話をつなげてもらうしかない。学校にはむかえにこないでほしいって。家の前で桐谷くんを待ちぶせして、サモンくんに伝えてもらうようにお願いして……。

ってとっくに家の中に入ってたら？　私、何時間も家の前で待ちぼうけ？

怖《こわ》っ。

「よ、よし十分だけ待って会えなかったらメールにする。ホントそうする」

ブツブツと自分にいいきかせるようにして、ゆっくりと桐谷くんの家へ向かって歩いた。

私が必要以上にスピードを落として歩いていたせいだろうか、桐谷くんの家の手前でうしろから、ワイワイと会話している声がきこえてきた。

男子学生数人っぽい。

男子の集団イコール陸南生《りくなんせい》という安直なイメージがある私は、それだけで足がピキーンとかたまってしまう気がした。

「あれ、光丘《ひかりおか》の子じゃん」

なにこれデジャヴ⁉　って頭の中でさけんでしまった。

だけどもちろんデジャヴでもなんでもない。

あのときと同じように声の集団が私の横を通りぬけて……、ああ、今思えばその中に桐谷くんがいたんだよな。

通りすぎていく背中《せなか》すら、この前は怖《こわ》くて見ることができなかった。

だけど今の私《わたし》はその中に『彼《かれ》』をさがしてしまう。桐谷《きりや》くんはうしろ姿《すがた》だけですぐにわかった。

「ねえねえ、この前もここ歩いてたよね？　家近くなの？」

この間とちがったのは、私の目線だけじゃなかった。

「光丘《ひかりおか》の子」と私のことをいった彼が、横に並《なら》んで話しかけてきたから。

もちろん私はギョッとして、話しかけてきた彼を凝視《ぎょうし》することしかできない。

どどどどうしよう、陸南《りくなん》に話しかけられてる！

家は近くといえば近くだけれど、見ず知らずの人に知られたくなんかない。

私は頭をブンブンとふって否定《ひてい》を示した。

「今からヒマ？　カラオケいかない？」

もう一度はげしく頭をふると、陸南生の彼らがどっと笑った。

「ソッコー断られてんじゃん」

「てかおびえてね？」

「カワイソーだから、かまうなよ」

他の陸南生、いい人！

涙目《なみだめ》になりながら思わず顔をあげると、桐谷くん以外はこの間の合コンにはいなかった人達だった。桐谷くんは私から見て一番遠くにいて、一瞬《いっしゅん》目が合ったけれど、なんのアクションもなかった。

「あ……」

小さく発した声はだれにもとどかない。

本当は桐谷くんに会いたくて歩いていたのに。

勝手にショックを受けてる自分の心にあきれる。桐谷くんならまっ先にやめろよっていってくれると思ってたなんて、私って痛《いた》いヤツだなぁ……。

「またね光丘ちゃん。またここで会おうね」

「はいはい、いくぞークニ」

他の陸南生が隣《となり》を歩くクニと呼《よ》ばれた男の子を引っぱっていってくれた。そのまま彼らはガレージの横にある階段《かいだん》を上っていってしまった。

桐谷くんの家に遊びにきたんだ。

家の前で待っていなくてよかったと心から思いながら、その様子をながめていた。階段をあがったところで桐谷くんは、他の男の子達を先に通した。

いつまでも見ているのは気まずいから立ち去ろうとしたとき、ふいに桐谷《きりや》くんがこっちを見た。

もう一度、ぶつかる視線《しせん》。

さっき無視《むし》されただけに、どういう態度をとっていいかわからない。

とまどいの表情のままかたまっていると、桐谷くんはちょいちょいと左方向を指さした。つられて見たその先にはこの前の公園がある。えっと思ってもう一度視線をもどすと、桐谷くんはもう友達に呼《よ》ばれてドアの中へと入っていくところだった。

「え？　えっ？」

ドアが完全に閉《し》まって無人になってから、ようやく声がだせた。

でも当然だれも答えてはくれない。

あれ？　今のなに？

幻《まぼろし》？

もしかして公園で待ってろってこと？

無視されたのかと思ったのに。

そんな確信なんてもてないのに、うれしくてじんわり涙《なみだ》がうかんでくる。

恋《こい》はちょっとしたことで、さがったりあがったり。自分ひとりでずいぶんと忙《いそが》しい。

ぐしっと目頭をこすって、半信半疑《はんしんはんぎ》のまま公園へと向かった。桐谷くんとふたりで座《すわ》った公園のベンチに腰《こし》をおろす。夕方の公園にはだれもいなかった。

ただ入り口を凝視《ぎょうし》して待ってるのも手もちぶさただから、カバンからスケッチブックをとりだした。なんの気なしにジャングルジムをスケッチし始める。夕暮《ゆうぐ》れの公園はなかなか味のある絵が描《か》けそうだ。

もうちょっと日が暮《く》れてくれると、もっといい色合いになる。

そんなことを考えながら、いつのまにか描くことに没頭《ぼっとう》していると、「うまいね」と急に背後《はいご》から声をかけられた。

「へ？　うわぁっ」

一応桐谷くんと待ち合わせをしていたはずなのに、見られていると思わなかった私《わたし》は、必要以上に大きな声をあげてしまった。あわててスケッチブックを抱《だ》きしめる。だって自分の絵を見られるのって、素の自分を見られてるのと同じだ。すっごくはずかしい。

「あ、見ちゃダメだった？　つか俺《おれ》ジャマしちゃった？」

「ちちち違《ちが》います！　ジャマだなんて全然……！」

「そ？　よかったー。おまえのことなんて待ってねーよっていわれたら、どうしようかと思った」

おそらく桐谷《きりや》くんにそんなことをいう女の子は、世の中にいないんじゃないかと思う。

そんな私《わたし》の思考をよそに、桐谷くんはいつもと変わらない笑顔で、ベンチの前にまわると私の隣《となり》に座《すわ》った。

この前私が座ったときよりも近い距離。これが桐谷くんの他人との距離のとり方なんだろう。

私には近すぎですけど。

心臓《しんぞう》の鼓動《こどう》がきこえそうで困《こま》っちゃうんですけど。

「あ、あのですね……！」

「うん？」

「あの、お友達は……？」

「んー？　家でゲームしてる」

やっぱり友達を置いて、でてきてくれたんだ。私が会いにきたって、気づいてくれたんだ。

うれしさとはずかしさの波が同時におそうけれど、躊躇《ちゅうちょ》してる場合じゃない。

桐谷くんの時間を無駄《むだ》に拘束《こうそく》しちゃいけない。

「あの、今日きたのは桐谷くんのお友達のサモンくんのことで……」

「え？　サモン？」

なぜかおどろく桐谷くんに、不思議に思いながらもコクコクとうなずくと、桐谷くんは「ふーん」とおもしろくなさそうな顔をした。

「すみれちゃん、ああいうのがタイプなんだ」

「え」

今度はこっちがおどろきのあまり、変な低い声がでた。

私はあわてて、ぶんぶんと頭をふった。

正直サモンくんがどんな人だったか、あまり覚えていない。

「ん？　ちがうの？」

「と、とんでもない！」

「そっか、よかった」

「……」

その「よかった」は桐谷くんにとってはきっと深い意味はないんだろう。

だけど私、頭はぜそうです。

その後、一生懸命《いっしょうけんめい》事の成り行きを説明した。ミコちゃんはサモンくんと遊ぶのが嫌《いや》なんじゃなく、はずかしいだけなんだって。

力が入りすぎてハァハァいってる私《わたし》に、桐谷《きりや》くんは「すみれちゃんイイコだね」と、まるでお遣《つか》いができた幼児《ようじ》をほめるかのごとくいった。

「へ？」

「男と話すの苦手なんでしょー？　なのにそんな顔まっ赤にしてまで、俺《おれ》に話しにくるなんて」

「……」

「最初俺に気があるのかなって思っちゃった」

ぎゃあああ！

バレてる！　もう!!

自覚したばかりの恋心《こいごころ》が相手に丸見えだったなんてどうしようー！

動揺《どうよう》で汗《あせ》をダクダクと流す私をよそに、桐谷くんは照れくさそうに笑った。

「でもそういうの、いいよね」

全然よくないよ！

だって私の気持ちがバレたら……。

「気持ち悪い……？」

「ん？　なにかいった？」

「いえっ、急にきて迷惑《めいわく》かけちゃってすみませんっ」

「いや、むしろ新鮮《しんせん》」

「え？」

「今って携帯《けいたい》やスマホですぐつながれんじゃん。なのにすみれちゃんはちがう。最初はなんでメールくれねえのって思ってたけど……」

「……」

「こうやって会ってなかよくなってくのも、いいね」

「……」

ありがとう、桐谷くん。

だけどわたしが『岩ヤン』の娘《むすめ》だって知っても、同じやさしい笑顔を見せてくれますか
……？

「あっ、桐谷くん、そろそろもどらないと……ですよね」

「あー、コンビニに食い物買いにいくんだった」

「今からコンビニいこー」なんて桐谷くんはノンビリしている。コンビニは駅の方だから、私《わたし》達《たち》は公園の出口で別れることになった。

「すみれちゃんはさ」

「え？」

「その日はあいてるの？」

「その日……ミコちゃん達が遊ぶ日ですか？　部活があるくらいでとくには……」

「そ。じゃ俺《おれ》らもついてく？」

「えっ？」

「そしたらミコちゃんだって嫌《いや》がらないんじゃない？」

「……は、はい！」

「ん。よし。これで解決」

桐谷《きりや》くんが白い歯を見せてニッカリ笑う。ぐわーっと気分が高揚《こうよう》するのを感じた。

ごめん、ミコちゃん。

今ミコちゃんのことよりも、桐谷くんとまた会えるってことの方でうかれてしまった、私《わたし》。

どうしよう、うれしい。

ミコちゃん達のおまけだとしても。

この間の合コンは不意打ちだったし、席も遠くて全然話せなかった。公園で話したのが二回。

なかよくなったといったって、一緒《いっしょ》に遊ぶような友達とは、ほど遠い私達。

楽しみすぎる……！

家に帰るとまだ早い時間だから、家は無人だった。

お父さんに会いたくないなんて思ってないのに、最近の私にとってはお父さんは、夢と現実の境界線のような存在《そんざい》だ。

一歩越えると桐谷くんとのことは、夢のように遠く感じる。

心のどこかで無理だって思ってるせいかもしれない。

だって。

――『陸南《りくなん》高校の生徒には近づくな』

それは建前の警告《けいこく》で、陸南生全員が悪い生徒だなんて思ってるわけじゃないよね……？

きいてみたいけど、きくのが怖《こわ》い。だけど、少しずつ近づく陸南生との距離《きょり》と、ごまかしきれない生まれたての恋心《こいごころ》に、いつまでも嘘《うそ》をつき通せるほど器用な私じゃない。

お母さんに相談してみようかとも思ったけど、結局ちゃんと話せる時間もないまま、日にちだけがすぎていった。

お父さんはずっと帰りが遅《おそ》かった。

『陸南高校《りくなん》の生徒』と遊ぶ日がせまってきている。悪いことなんかしてないって思っても、お父さんのいいつけをやぶってることには違《ちが》いなくて、今は純粋《じゅんすい》に楽しみなだけとはいえない。

朝食の席で、お父さんは新聞を読みながら、大きなため息をついた。

「お父さん、おつかれね」

お母さんが食後のコーヒーをお父さんの前に置いて、声をかけた。

まだご飯を食べてる途中《とちゅう》だった私は、こっそりお父さんの様子をうかがった。

「また他校とモメてるヤツらがいるんだ。大きな問題起こさなきゃいいんだが」

陸南生の話にドキリと心臓《しんぞう》がはねる。私が知ってる陸南生と、お父さんの話にでてくる陸南生は、まるで別モノだ。

「高校生同士の喧嘩《けんか》といったって、刃物《はもの》使うヤツもいりゃ、手加減知らずでへたすりゃ殺人に発《はっ》展《てん》する。あいつら加減を知らないからな」

「お父さんも気をつけてくださいよ。止めに入ったり無茶しないで。もう若《わか》くないんだから」

殺人……？

おだやかでない話に、私はぶるりとふるえあがった。

そんな状態で陸南生となかよくなってもいいかきいたって、許可してもらえるわけがない。物事にはタイミングが肝心《かんじん》だ。お父さんがかかえているらしい問題が解決してから。それからお母さんに相談しよう。

自分の中でそう結論《けつろん》をだしたものの、やっぱり簡単《かんたん》にどうにかなる話ではなかったらしく、あっという間に約束した当日はやってきてしまった。

「すみれー。どうしようキンチョーしちゃう」

「ミ、ミコちゃん、ファイト」

「ちょっと他人ごとみたいないい方やめてよ。ホントにすみれもきてくれるんでしょうね」

「う、うん。でもオマケだから」

本当はミコちゃんに負けずおとらず緊張《きんちょう》している。

だけどオマケなのは事実だし、つきそいの私がミコちゃんを不安にさせるわけにはいかない。

「だいじょうぶ？　ミコちゃん、そろそろいこうか？」

「まってまって。もう一回トイレいっとく」

私達《わたしたち》は人目を気にしながらトイレの鏡の前に並《なら》んで、髪《かみ》を整えたり、うすくピンクのグロスを引いたりした。

悪いことをしているような後ろめたさと、桐谷《きりや》くんに会えるってドキドキがまざり合い、胸《むね》がパンパンになって破裂《はれつ》しそうだった。

「よ、よし。いくよ、すみれ」

「うん……！」

「で、どこ？」

「ん？」

「待ち合わせ場所」

「ミコちゃん……。知らないの……？」

「え？　知らないよ！　すみれが決めてくれたんじゃないの？」

「え？」

たしかにミコちゃんは学校にむかえにこられたら、はずかしいから嫌《いや》だっていってた。

それは覚えてる。

私《わたし》その話を桐谷くんにしたっけ……？

桐谷くんにどう話したかは、緊張《きんちょう》しすぎてよく覚えていない。

ただミコちゃんははずかしいだけで、嫌がってはいないっていうのが、一番重要なことだと思

って て、それはちゃんと伝わっててホッとして……。

あれ？

まさか……と思うのと同時にバタバタと廊下《ろうか》を走る足音と、「校門のとこ！　男子が入ってきてる！」と、きゃあきゃあと騒《さわ》ぐ女子の声がきこえてきた。

思わずミコちゃんと顔を見合わせる。

先にミコちゃんがダッシュでトイレから廊下にとびだした。あわてて私もあとを追いかける。

ミコちゃんが向かったのは近くのあき教室で、続いて中へとびこむとミコちゃんは窓《まど》から身をのりだすようにして、校門の方を見ていた。

「ミ、ミコちゃん？」

嘘《うそ》だよね？　のニュアンスをこめてミコちゃんの名前を呼《よ》びながら、そっと近づいた。

4　全然ひそやかじゃない！

「ミコちゃあああ〜ん」

あいた窓《まど》からかすかに届《とど》いた叫《さけ》び声にはきき覚えがあって、私《わたし》は自分の目で確認《かくにん》するまでもなく、現実を知ってしまった。

さーっと血の気《け》が引いていくのがわかる。ミコちゃんは窓際《まどぎわ》で蠟人形《ろうにんぎょう》のごとくかたまっている。

全校生徒がきいてる、ミコちゃんの名前を。そしてミコちゃんの名前をうれしそうに叫ぶサモンくんを見ている。エリちゃんも見てるかもしれない。

ダメッ！

そう思った瞬間《しゅんかん》、はじかれたように足が動いて、私はふだんにない素早さで教室をとびだしていた。

昇降口《しょうこうぐち》に向かって走ってるのは私だけじゃない、物めずらしさに歓喜《かんき》した女生徒が、何人も走っていた。その子達が、「先生でてきたみたい」「他校生が堂々《どうどう》と校内に入ってきちゃマズいでしょ」などと、不安な情報を次々《つぎつぎ》発信してくれている。

パニックで目がまわる。

なんで、なんで!?

むかえにくるのは！　百歩ゆずってわかるとして！

校内に入ってきちゃダメでしょおおおお!?

ミコちゃんの名前そんな大声で呼《よ》んじゃダメでしょーっ!!

「ちょ、イケメンきてるってホント!?」

昇降口が近づくにつれ野次馬もふえる。サモンくんには失礼だけれど、そのひとことで桐谷《きりや》くんがきてるんだと、私は勝手に確信してしまった。

ローファーに足をつっこんで、よろけながら校庭へとでると、そこはちょっとした人だかりだった。生徒達はみんな興味津々《きょうみしんしん》だけれど、直接話しかける勇気がないのか、少し離《はな》れた位置でかたまって見ている。動物園状態だ。

でも仕方ない。ここ女子校だもの。

この敷地内《しきちない》に男子生徒がいるなんて、違和感《いわかん》もいいとこだ。

珍獣扱《ちんじゅうあつか》いされたって文句いえないと思う。

「おお〜っ。女子ばっか。やっぱ光丘《ひかりおか》レベルたけーわ！」

人だかりの向こうから、サモンくんのはしゃいだ声がきこえてくる。その声にハッとして、人ごみをかきわけて声のする方へと進んだ。

どうしよう。

近づいてどう声をかけたらいいんだろう。

こんなに大勢の生徒が見ている前で、私《わたし》にそんなことできる？

ああ、でも早くこの場をなんとかしないと。

そんな焦《あせ》りにかられている私の背後《はいご》から、「キミ達、なにやってるんだ！」と生活指導の先生の声がきこえた。

「ホラ、他の生徒もさっさと帰りなさい！　他校の生徒はちょっときなさい！」

手で追い払《はら》うしぐさをする先生に、さっきまではしゃいでいた生徒たちは、スーッと波が引くようにいなくなっていく。基本、光丘で先生に逆らうような生徒はいない。みんながいなくなると、急に視界《しかい》が開ける。足をとめていた私の前に、サモンくんと桐谷《きりや》くんが現れた。

「どこの生徒だ！　勝手に校内に入っていいと思ってるのか！」

「やっべ」とサモンくんは小さくつぶやいて、ペロッと舌をだした。

全然、ヤバいと思ってなさそう。

先生がどなりながら近づいてきてるのに。

生活指導は校内で一番怖《こわ》い先生だっていわれてるのに。

サモンくんの反応に呆然《ぼうぜん》としていると、桐谷くんがサッサと早足にこちらへ足を進めた。

桐谷くん……？

ふつう、こういうときって一目散に、にげるんじゃないの？

先生に向かって歩いてくるって、どういうこと？

自分の常識と彼《かれ》らの常識が違《ちが》いすぎて、ついていけない。次にどんな行動を起こそうとしてるのか、予測がつかない。信じられない思いで、ただ桐谷くんの行動を目で追っているうちに、彼は私の目の前で足をとめると、右手で私の左手首をつかんだ。

「えっ？」

初めてふれる桐谷くんの手の体温に、ビックリして小さく声をあげると、桐谷くんはニコッと笑って私にささやいた。

「にげるよ」

「ええっ!?」

次の瞬間《しゅんかん》には勢いよく腕《うで》を引かれて、私《わたし》ははじかれるように、その場をかけだしていた。

「こらっ。待て！　何組の生徒だ！」

生活指導の声が、うしろから追いかけてくる。

わ、私のこと⁉

嘘《うそ》、どうしよう！

あまり俊足《しゅんそく》とはいえない私だけれど、おそらくここ数年で最速のスピードで走ったんじゃないかと思う。

「キャッホー。サラバ光丘《ひかりおか》〜」

私にとっては非常事態なのに、サモンくんなんて完全に楽しんでいて、校門近くでジャンプする余裕《よゆう》の見せようだ。

桐谷くんもケラケラ笑っている。

先生あんなに怒《おこ》ってるのに、なんで笑ってるのー⁉

校門をでてホッとしたのも束《つか》の間《ま》、先生は学校の外まで追いかけてくる気満々《きまんまん》みたいだった。

「サモン止まんな！　学校離《はな》れるぞ」

「うっそー。俺《おれ》まだミコちゃん確保してないんだけど！　タクずりィ〜」

「アホか。おまえが騒《さわ》ぎすぎたからだろ」

結構なスピードで走ってるのに、会話しているふたりが信じられない。

先生もさすがに学校から離れてまでは、追ってこなかった。

学校から少し離れたコンビニの前で、私達《わたしたち》はようやく足をとめた。ひさしぶりにこんなに走って、胸《むね》が苦しい。胸に手を当てて息を整えていると、桐谷くんがつかんでいた手を離して、心配そうにのぞきこんできた。

「すみれちゃん、だいじょうぶ？　無茶してごめんね？」

「……ほんと……」

「ん？」

「……なんで……あんなとこまで……」

ゼェゼェと息を整えながら疑問《ぎもん》を口にすると、桐谷くんとサモンくんはキョトンと顔を見合わせた。

「え？　むかえにきたから？」

「ふつう他校の生徒が入ってきたら、怒《おこ》られますよね……？」

「え？　そうなの？　でも入りてーじゃん、女の園《その》！」

「……」

ダメだ、サモンくんとは話が通じない。

私《わたし》は困《こま》った顔でチラリと桐谷《きりや》くんを見あげた。桐谷くんも私が困惑《こんわく》していることに気づいたのか、めずらしく眉《まゆ》をさげてシュンとした顔をしてみせた。

「ごめんね、ちょっとビックリさせてみようかなあって。おもしろくなかった？」

「……」

「追いかけられてにげきったとき、ヤッターって思わない？」

たしかに走りまくってうしろに先生の気配を感じなくなったとき、やったって思った。

スカッとした……かもしれない。

「スカッとした……かも……」

「よかった」

ニコッと笑う桐谷くんは、年上なのになんだかかわいく見える。さっき腕《うで》つかまれたんだよなあ、なんて改めて感慨《かんがい》にひたっていると、横からサモンくんがジットリとした目を向けてきた。

「ねえねえ。ミコちゃんはー？」

「はっ。そうだミコちゃんっ」

あわててカバンからスマホをとりだすと、ミコちゃんから鬼《おに》のように着信が入っていた。

「えー、俺《おれ》には連絡《れんらく》ナシかあ」

「ついでに脈もナシなんじゃない」

「てめっ」

じゃれあう男ふたり組をよそに、私はハラハラとした気持ちで、ミコちゃんに電話をかけた。

なんでこの人達は危機感《ききかん》が、全くないんだろう。

ミコちゃんに嫌《きら》われちゃったらとか、考えないのかな。

電話をかけ直すと、ミコちゃんはすごく怒っていたけれど、私達が指定したカラオケにきてくれた。きっと私を心配してくれたんだと思う。あんなにサモンくんと会うのがはずかしいなんていってたミコちゃんだったけれど、怒《いか》りでそんな感情どっかにいっちゃったみたいだ。

「悪ふざけもたいがいにしてくださいっ」

「ミコちゃんに会えると思ったら、テンションあがっちゃって」

「あんな大声で名前なんか呼《よ》んで……っ。明日絶対みんなにからかわれるよ……っ」

「ミコちゃんカレシイケメンって?」

「ちがうっ！」

ヘラヘラとかわすサモンくんをギロッとにらむと、ミコちゃんは今度は桐谷《きりや》くんへ視線《しせん》を向けた。

「桐谷くんも……っ。あんな公衆《こうしゅう》の面前ですみれのことつれだしたりして……！」

「え？　ダメだった？」

「イケメンがつれさった美少女は一体だれだってすごい話題になってるよ！　すみれなんか勝手に美少女にされてるんだから！」

あれ、なんか今一瞬《いっしゅん》失礼なこといわれたような。

同じように思ったらしい桐谷くんとこっそり視線を合わせたけれど、いいだせる雰囲気《ふんいき》じゃなかった。

「私達《わたしたち》絶対エリちゃんらに問い詰《つ》められるよー」

ミコちゃんは一通り怒《いか》りをぶちまけると、頭を抱《かか》えてソファに座《すわ》りこんでしまった。

「まあまあ、ミコちゃん。歌おうよ」

「まああって……」

「じゃ俺《おれ》から歌おー」

サモンくんはやっぱりマイペースに歌をえらんで、入力し始めている。ミコちゃんと遊ぶという当初の目的しか頭にないらしい。

楽曲が始まるとマイクをにぎりしめ勢いよく歌うサモンくんは、意外にもすごく歌がうまかった。ふだんはガラガラ声っぽいのに、それがハスキーでいい感じ。

「すみれちゃんなに歌う?」

桐谷くんが曲を入力する機械を手渡《てわた》してくる。

「え……っ」

「カラオケ嫌《きら》い?」

「う、ううん。嫌いじゃないけど……」

友達同士ではたまにいくけど、たいしてうまくもない歌を、好きな男の子の前で披露《ひろう》するなんて、すっごく緊張《きんちょう》するよ!

「じゃ俺から入れていい?」

やさしい桐谷くんは空気を読んで、自分から先に曲を入れてくれた。

さっきとは逆で今度は、好きな男の子の歌声をきけるって期待で、ドキドキする。

桐谷くんは歌でも期待を裏切《うらぎ》らない人だった。

さわやかな声そのままに、さわやかな高音とかだしちゃって。

なんでもソツなく器用にこなす人なんだろうなあと思った。サモンくんみたいに味がある感じじゃないけど、耳に心地良いというか。目をとじてずっときいていたい感じというか。

「ミコちゃんすみれちゃん、アレ歌ってよ」

何曲かきき役に徹《てっ》していたけれど、じれたサモンくんが私達《わたしたち》に曲を指定してきた。お嬢《じょう》さまチックなアイドルグループのヒット曲。

「光丘《ひかりおか》の制服で踊《おど》ってくれたら、萌《も》えまくる！」

「なんならクラス全員呼《よ》んできてー」なんてサモンくんは、テンションをあげている。

「まあ知ってる歌だから……、歌う？」

ミコちゃんにうながされて、私は意を決してうなずいた。

すぐにイントロが流れ始め、私は渡《わた》されるままに、マイクをにぎりしめた。こんなに一生懸《いっしょうけん》命《めい》カラオケで歌ったのは、初めてかもしれない。少しでもよい自分を見せたくて。もちろんふりつけなんてできないから、マイクをにぎりしめたまま、棒立《ぼうだ》ちだったけれど。

歌い終わると桐谷《きりや》くんは「かわいいね」っていってくれた。

私だけにいってくれたわけじゃないのに、ポッポッと体温があがる。

社交辞令だから、とはやる心を落ち着けた。

桐谷くんもサモンくんもほめてくれるから、歌への不安から解放されて、その後はふつうに友達ときたときと同じように、何曲か歌った。

サモンくんがミコちゃんにばかり話しかけるから、自然と桐谷くんが私に話しかけてくれて、私はすっかり舞《ま》いあがってしまっていた。

「ふだんなにしてるの？」とか、「どこで遊んでるの？」とか、それは全部私が知りたい情報だったのに、いいだせない私は、ひたすら桐谷くんの質問に一生懸命答える役だった。

「海とかいく？」

「……いったことない、かも。子どものときくらい？」

「すみれちゃん泳げる？」

「お、泳げます！」

「んじゃ、プールは？」

「中学のとき……以来？」

「じゃあ今度いく？」

「え？」

「次遊ぶの。プールか海でどう？」

思わずぽーっとなってしまった。まさか次があるなんて思わなかったから。

だけど桐谷《きりや》くんの中では友達になったのだから、次があるのは当然らしかった。

もしかしたらサモンくんのためかもしれないけど、私《わたし》はそれでもとてもうれしかった。

「エリちゃん達も一緒《いっしょ》に」

「……え？」

ふわふわ浮《う》いてた無重力が急に消えた感じ。私の意識は地面へとたたき落とされた。

「今度はみんなで遊ぼうか」

「……」

笑えない私はすごくワガママだ。自分からはなにひとつ積極的に行動できないくせに、エリちゃん達を呼《よ》ぶのが嫌《いや》だと思ってる。数回会っただけで、私は勝手に桐谷くんにたいして独占欲《どくせんよく》をもってしまっている。『とられたくない』と瞬時《しゅんじ》に思って、そんな自分にビックリした。

「あ、もしかして水着がNG？」

「あ……」

いわれてみれば水着なんてはずかしいけれど、私はそんなことまで頭がまわっていなかった。

「じゃあ海にしよっか。T《ティー》シャツ着てればいいよ」

「……海」

みんなでいったらきっと楽しい。だけど私はエリちゃんと桐谷くんが楽しく遊ぶのを見るのが、辛《つら》いと思ってしまった。だからきっと、私はいかないと思う。

そんな自分が簡単《かんたん》に予想ついたから、「いく」とも「いかない」ともいわずに、私はただ曖昧《あいまい》にほほえんだ。

歌が好きらしいサモンくんは、カラオケ店からでてもずっと歌っていた。スキップするように歩く彼《かれ》を、ミコちゃんがほほえましい目で見てることに、私は気づいてしまった。

嘘《うそ》、ミコちゃんサモンくんみたいなタイプが好きだとは思わなかったのに。もしかしてふたりは、うまくいくんじゃないだろうか。

ひとりそれに気づいて、うわーっと脳内《のうない》だけでもりあがる。

いいな、いいなミコちゃん。

駅前で反対方向のミコちゃんとサモンくんと、バイバイした。

ここからはふたり……といっても、桐谷くんの家は駅からすぐそこなんだけど。

「ひさしぶりに歌ったなー。すみれちゃん楽しめた？」

「うん。楽しかった……です！」

「いい加減敬語《けいご》じゃなくていいんだけど」

「……でも先輩《せんぱい》だし」

「ガッコちがうし。先輩後輩《こうはい》っていうか、友達じゃん？」

「……うん」

「ミコちゃんもすみれちゃんも、彼氏《かれし》いるの？」

「ええっ。い、いません！　じゃなくていないよ！」

「そっかー。じゃあ可能性ある？」

「サモンくん？」

「そうそう」

「……わかんないけど。ある？　かも。でもミコちゃん、エリちゃん達にからかわれるの、相当嫌《いや》がってたからなぁ……っと」

最後の発言はいわない方がよかったかなと気づいて、あわてて口に手を当てる。だけど桐谷《きりや》くんは、そんなこととっくにお見通しだったみたいだ。

「うん、だからさー。まきこんじゃおうかと思って」

「え？　だれを？」

「エリちゃん達も、わいわいさわいでるこっち側に入れちゃえば、からかったりしないでしょー」

「あ、なるほど……」

それでエリちゃん達もみんなで海なのか。桐谷くんはちゃんと周りを見て考えてるんだな。とられたくないだなんて独占欲《どくせんよく》でいっぱいだった自分の器の小ささが、嫌になった。

「あっ、桐谷くん……。家ここ……だよね？」

気づけば桐谷くんの家の前まできていて、彼《かれ》はあっさりその前を通りすぎようとしていた。

嫌な予感にあわてて声をかけると、桐谷くんは当然のように答えた。

「え？　送ってくよ。もう暗いし」

やっぱり……。

気がつく桐谷くんなら、そう申しでてくれると思った。

だけど家はマズい。

学校の先生の家なんて知らないから、桐谷くんだってお父さんの家なんて知らないとは思うけど、なんの拍子《ひょうし》でバレるかわからない。第一、お父さんに見られでもしたら、もう桐谷くんと遊ぶなっていわれちゃうかもしれない。そんなのは困《こま》る。

私《わたし》が必死で頭をふると、「遠慮《えんりょ》しなくていいよ」と桐谷くんは気をつかってくれる。

「そうじゃなくて……！」

ああ、こんなとき、うまいいい訳《わけ》がでてこない自分の口べたさが、うらめしいよ。

「俺《おれ》に家知られたくないとか？」

ハハッて笑いながらいってくれる桐谷《きりや》くんにもうまい返しが見つからないから、だんだん冗《じょう》談《だん》じゃすまない雰囲気《ふんいき》になってくる。

「うーん。じゃあどうすっかなー」

きっと嫌《いや》な気持ちになってるのに違《ちが》いないのに、桐谷くんはポリポリと首のあたりをかきながらちがう案を考えようとしてくれている。

「サモン呼《よ》びもどして送らせる？」

さっきより大きく頭をふった。だって陸南生《りくなんせい》じゃ意味ないのに……！

「き、桐谷くんが嫌とかじゃなくて……、家がきびしいっていうか……」

「あー、そういうこと？」

やっと納得《なっとく》してもらえる答えを口にすることができて、ホッとする。

「俺嫌《きら》われてるかと思っちゃった」

照れ笑いする桐谷くんに、さっきの発言で嫌われてなかったんだと、涙《なみだ》がでそうなほど安堵《あんど》する。

「嫌いなんて……」

「そう？　海にさそったときもイマイチだったし、内心ウザがられてんのかと」

「そ、そんなわけない！」

思わず強く否定《ひてい》してしまった。対象外に思われてるのは仕方ないとしても、自分の気持ちを誤《ご》解《かい》されるのは悲しすぎる。

正反対、なんだよ。

本当は。

「もしかしてみんなで遊ぶのが嫌だった？」

「え……？」

突然《とつぜん》ズバリ核心《かくしん》をつかれて、言葉を失ってしまった。

桐谷くんは無邪気《むじゃき》にこういうことを口にするから、私《わたし》はどうしていいかわからなくなってしまう。きっと桐谷くんにとっては、軽い冗談《じょうだん》に違《ちが》いないのに。

勝手に顔が赤くなって、公園の前の街灯が照らしてるから、桐谷くんにも見えてるような気がして、思わず両手で顔をおおってしまった。こんなことしたらますますバレバレになるのに。

どうか桐谷《きりや》くんが私《わたし》のことを単なる赤面症《せきめんしょう》の女子だと勘違《かんちが》いしてくれますように……。

そんなお願いはやっぱり無駄《むだ》なあがきだったようで、桐谷くんがふっと声をだささずに笑ったのがわかった。

うわぁ。

笑われてるー！

「すみれちゃんはさ、おもしろいね」

「え？」

意外な言葉に思わず顔をあげる。街灯に照らされる桐谷くんの瞳《ひとみ》は、いつもよりずっとやさしげに見えた。

「言葉は少ないのに、ちゃんと気持ちがわかる」

「え……」

「ここで」

手でおおいきれていない部分のほっぺたを、ぷにっとつつかれる。桐谷くんの指が顔にふれた、その破壊力《はかいりょく》に、一歩うしろによろめいてしまった。

そそそれってどういう……。

動揺《どうよう》が止まらない私に、桐谷くんはサラッと追いうちをかけた。

「海の前に花火大会いこっか」

「……へ？」

「ふたりで」

またしても心臓《しんぞう》がズキューンって、打ちぬかれる音がきこえた気がした。

5　問題児

「それってさ、すみれ遊ばれてるんじゃない？」

次の日、思いきってミコちゃんに相談した私《わたし》は、彼女《かのじょ》の冷静な判断にガックリと肩《かた》を落とした。

「そ、そうなのかな……」

「だってあの桐谷拓《きりやたく》だよ⁉　女の子なんてえらび放題でしょ⁉　なのに、うちらみたいなその他大勢代表を相手するって、なんかおかしくない⁉」

おかしくない？　と問われればその通りで、ミコちゃんがいってることは、正論《せいろん》にきこえる。

「桐谷拓なんて、ラグビーのゴールバー並《な》みに遠いよ！」

「うん……」

やっぱり私にとって桐谷くんは、『ハードルが高い』なんてレベルじゃないらしい。

「私も遊ばれてんのかなー」

「ミ、ミコちゃんはちがうよ！」

「だよねー。サモンくんじゃねえ」

「そういう意味じゃなく……」

「ふふっ。わかってるよ。でも私まだふたりで遊ぶとか無理だなあ。すみれはすごいよ！」

結局私は流されるままに、花火大会へいく約束をしてしまった。ミコちゃんが男の子とふたりで遊ぶなんて無理っていってる気持ちも、十二分にわかってるのに。

「からかわれてるだけかもしれないけど……」

あの日、見せてくれたほほえみを、私に向けてくれたやさしいまなざしを、信じたいって思うのは、都合のいい考えなのかなあ……。

桐谷くんは私の意向を尊重《そんちょう》して、あの公園で待ち合わせにしてくれた。私の携帯《けいたい》番号はもうきいてこない。そういう私達の関係はいったいなんなんだろう。女の子をえらび放題の桐谷くんが、ちょっと毛色の変わった私に興味をもったとして。その先には、いったいなにがあるんだろう。

――『陸南《りくなん》高校の生徒には近づくな』

私はその教えをもうやぶってしまった。

恋《こい》に、落ちてしまった。

「ミコ！　桐谷《きりや》くんが海にいこうって、さそってくれたってホント!?」

「う、うん。ホント……」

エリちゃんがミコちゃんのもとにとびついてくる。桐谷くんの作戦は大成功で、きっとエリちゃん達なら桐谷くんと一緒《いっしょ》に走ったのは私《わたし》だと、すぐに見当がついただろうに、その件は追及《ついきゅう》されずにすんでいる。

「ヤダ、どうしよう～。だれさそおう！　ミコくる!?」

「……えっと」

ミコちゃんが気づかわしげに、チラリとこちらに視線《しせん》をやった。エリちゃんはこっちを見ない。

「桐谷拓《たく》と海いきたい子～！」

エリちゃんの高らかな声に、教室からきゃあっと歓声《かんせい》があがる。

桐谷くん、そんなに有名なんだ……。

そしてエリちゃんのあからさまな無視《むし》に、しょんぼりした気持ちになる。だけど気持ちはわかる。私だって『エリちゃんと桐谷くんが遊ぶのを見るのが嫌《いや》』だと思ったんだから。同じことを思われたって、文句はいえない。

「すみれさあ……。アレと戦う覚悟《かくご》、あるワケ？」

ミコちゃんがこっそり耳打ちしてくる。アレとはもちろんエリちゃんのことだ。私はぶるぶると頭をふった。

「やっぱりいろんな意味で、すみれには無謀《むぼう》な恋《こい》だと思うよ……」

ミコちゃんがいいにくそうに、口にする。

「たとえ桐谷くんがすみれに本気だとしてもさ。障害《しょうがい》は多いと思う」

私は「わかってるよ……」と力なく答えた。

ミコちゃんにはまだいっていないけれど、私にはまだ最大の障害があるのだ。

お父さんに陸南生《りくなんせい》との接触《せっしょく》を禁止されていること。お父さんが陸南高校でどうやら、うとましく思われている存在《そんざい》であること。

「すみれは恋に燃えるタイプじゃないでしょ」

「エリちゃんみたいにさ」とつけ加えられてしまえば、反論《はんろん》する余地もなかった。

放課後、美術室から見えるグラウンドをスケッチしながら、ボーッと空をながめる。こうして鉛筆《えんぴつ》を動かしていると、そのうち絵に没頭《ぼっとう》して、余計なことをなにも考えなくなる。私は無心になれるこの時間が好きだった。

「岩本《いわもと》さーん。そろそろ閉《し》めるよー」

「あっ、ハイ、でます！」

気がつけば部員は私《わたし》ひとりになっていて、顧問《こもん》の声かけに、あわてて帰り仕度をする。集中力がとぎれてしまえば、恋《こい》が私の脳《のう》をじわじわと支配し始める。自分の意思じゃどうしようもできないから、困《こま》る。

だって昇降口《しょうこうぐち》をでれば、ここで桐谷《きりや》くんに手を引かれて先生からにげたなとか、自転車置き場へいけば、この自転車桐谷くんが直してくれたな、とか。出会ってそんなにたってないのに、思い出が多すぎて。

一緒《いっしょ》に遊びになんていったら、私の頭バカになっちゃうんじゃないだろうか。

そんなことを心配しながら、自転車にまたがった。

軽快に自転車をこぐ。桐谷くんが直してくれたチェーンはもうはずれない。駅前を通りすぎても、以前ほど陸南生《りくなんせい》を怖《こわ》いと思わなくなった自分がいる。現金だなーと自分でも思う。そして駅を通りすぎて、左手にあのガレージが見えてくると、私の胸《むね》は最大級にドキドキするのだ。

そんなに偶然《ぐうぜん》、会えるわけないのに。

むしろ緊張《きんちょう》しすぎちゃうから、会いたくないくらいなのに。

カチコチにかたまりながら、ぎこちなく自転車をこいで、ゆっくりと桐谷くんの家を通りすぎる。

神経がそっちに集中しているから、ドアのあいた音にさえ、反応しちゃいそうだ。

だけど今日も何事もなく通りすぎてしまった。きっと約束した夏祭りまで会えないんだろうなと思った。なんとなく神さまが、そういう采配《さいはい》をしているような気がして。

だけどその予感は、一秒後にはアッサリと裏切《うらぎ》られた。

桐谷くんのものと思われる声が、右手にある公園の方からきこえてきたから。

思わずブレーキをかけてしまった。公園の門の前で足をつく。公園の木の影《かげ》になっているから、公園内からこちらには気づきにくいはず。だけど門の前を通ったら、見られちゃうかもしれない。

いや、べつに見られてもいいんだけど。

どう挨拶《あいさつ》しようか、とか……ホラ、緊張しちゃうじゃん？

だけど話し声がするっていうことは、桐谷くんはだれかと一緒にいるってことだ。それならへタに声をかけたりしない方がいいのかもしれない。前に陸南生にからまれたときに、桐谷くんが他人のフリをしていたときのことを、思いだした。

木の影からそっと公園の中をうかがう。制服姿《せいふくすがた》の桐谷くんと陸南生の男の子が、ベンチでコーラを飲んでるのがわかった。

隣《となり》に座《すわ》るのは、見たことがない陸南生《りくなんせい》の子だった。絶対見たことがない、むしろ一度見たら、忘《わす》れられない。

白に近いプラチナの髪《かみ》。

金髪《きんぱつ》に近い茶髪《ちゃぱつ》の子なら陸南にはたくさんいるけれど、あそこまで綺麗《きれい》に白金に染《そ》めてる生徒は、まずいないだろう。よくお父さんがゆるしたなー。そんなズレたことを考えてしまう。

外見からしたら絶対に近づきたくないタイプの人だけれど、桐谷《きりや》くんは彼《かれ》と仲が良いみたいで、楽しそうにしゃべってる。

……人は見た目じゃないし。怖《こわ》いなんて思ったら失礼だし。

だけど、ここは挨拶《あいさつ》すべきじゃないよね？

ふ、ふつうに通ろう。ふつうに。

そう思って、自転車のペダルに足をかけて、こぎだそうとした。

だけどこんなときに限って、つるりと靴底《くつぞこ》がすべってしまうのが、私《わたし》だ。

「……っと。おっとっとっと……」

なんておばあちゃんみたいな声をあげて、バランスをとろうとしたけれど、よろけた自転車は公園のフェンスに倒《たお》れこんだ。たいした衝撃《しょうげき》ではないものの、ガチャンとしっかり物音は立ててしまった。桐谷くんとプラチナの彼が、反射的《はんしゃてき》にこっちを見る。

この距離《きょり》だし、木が邪魔《じゃま》してるから、目があったりはないけど……。

「すみれちゃん?」

「……」

やっぱり気づかれるよね。

今さらかくれる場所もない私は、すごすごと自転車を引いて、門の前まで歩いた。

桐谷くんとその友達も、私の姿《すがた》を確認するように、こちらへと歩いてきた。

「あ、やっぱりすみれちゃんだ」

「……こ、こんにちは」

「だれ?」

プラチナの彼がぶしつけな声をあげる。ぶっきらぼうな低い声が私の不安を煽《あお》った。

こ、怖くない。怖くない。

桐谷くんのお友達だから、だいじょうぶ。

「あ、こいつレントね。俺《おれ》の幼《おさな》なじみ。家もすぐそこなの」

桐谷《きりや》くんが先にレントくんを紹介《しょうかい》してくれる。桐谷くんの幼《おさな》なじみか……。

「はじめまして。岩本《いわもと》すみれです」

自己紹介《じこしょうかい》をして、ぺこりと頭をさげた。

「ふーん」

ふーんっていわれても……。

どう反応したらいいんだろう。

……ちょっと苦手かも、この人。

「この子だろ、この間いってたの。かわいいじゃん」

「え」

思わぬほめ言葉に、ポッと頰《ほお》が染《そ》まる。

苦手なんて思ってごめんなさいと、心の中で謝罪した。

「俺《おれ》けっこータイプかも。俺と代わってよ」

「ふざけんなっつーの」

桐谷くんが軽くレントくんのお尻《しり》に蹴《け》りを入れる。ふたりはいつものやりとりって感じで、楽しそうに笑いあってる。だけど私《わたし》は「この間いってた」って、なんだろうってずっと考えてた。

それに「代わる」って……、夏祭りの相手のこと？

そういう冗談《じょうだん》、男の子同士ならふつうにいうのかもしれないけど、本人目の前にして、いわないでほしいなあ……。

「すみれちゃん、今帰り？　送っていこうか？」

「あ、ううん。自転車で帰るから……だいじょうぶ」

「ホラおまえ拒否《きょひ》られてんじゃん。タク嫌《きら》われてんじゃゃん」

「うるせー」

「あ、あの嫌いとかじゃなくて……」

「俺が送ってやろうか」

レントくんが悪ノリして名のりをあげる。冗談だってわかってたけど、反射的《はんしゃてき》に頭をふってしまった。

「結構です」

「ぷっ。即答《そくとう》じゃん。レント超《ちょう》嫌われてんじゃん。てかすみれちゃん、案外意思表示するんだな。なんか安心」

「安心……？」

「流されてるだけじゃなく、ちゃんとえらんでほしいじゃん」

「……」

えらぶって、それって桐谷《きりや》くんのこと？　私《わたし》が桐谷くんをえらんでもいいってこと……？

いやいや、それは飛躍《ひやく》しすぎか。

「うっわー、タク悪どいわー。いつもこうやって女オトすの？　この子まっ赤じゃん」

「俺《おれ》のどこが悪なんだよ」

「か、帰ります」

このふたりのやりとりにはついていけない。

心臓《しんぞう》に悪い。だってどこまでが冗談《じょうだん》なのかわかんないんだもん。

ぺこりと頭をさげると、桐谷くんは「バイバイ」と笑って、手をふってくれた。

今度こそペダルをふみはずさないように、注意深く自転車をこぎだした。

好きな人に見られてるって思うと、どうしてなにげない日常の動作ですら、むずかしくなるんだろう。

数メートル離《はな》れたところでふりかえったら、ふたりはまだ門のところでこちらを見たままだったので、あわてて全速力でその場を離れた。

そのままの勢いで、家まで到着《とうちゃく》したときには、すっかり息があがっていた。

心臓のドキドキが、どっちが原因かわからないくらい。

自転車をガレージに入れて、玄関《げんかん》のドアをあけると、ちょうどお父さんが帰ってきて、靴《くつ》をぬいでいるところだった。

「お、すみれか。おかえり」

「お……かえりなさい。早かったね……」

必要以上にドキッとしてしまうのは、『陸南生《りくなんせい》』に会っていたから。

いつもそう。私は悪いことなんてしていないはずなのに、お父さんの視線《しせん》を避《さ》けるように目線をさげてしまう。そういう自分が嫌《いや》だった。

「部活か？」

「うん、そうだよ」

「もうすぐ夏休みだな」

「う、うん」

「友達とどこかにいったりするのか？」

「夏祭りに……」

「ああ、そうか。すぐだな」

こんな気まずい思いを抱《かか》えてるときにかぎって、お父さんはガンガン話しかけてくる。一緒《いっしょ》に廊下《ろうか》を歩いてリビングへ入ると、キッチンにいたお母さんが、「あら一緒だったの？」なんて声をかけてくる。

夕食は私《わたし》の大好きなクリームコロッケで、お腹《なか》がぐぅと鳴ったから、「手を洗《あら》ってくるね」とさりげなくその場を離《はな》れた。夏祭りに対するツッコミが入ると困《こま》る。だけど私の願いもむなしく、リビング続きのダイニングへもどったときには、夏祭りの話題まっ最中だった。

「すみれより、お父さんの方が怪我《けが》しないか不安だわ」

「アイツら気が大きくなってるからな。十分気をつける」

その会話がなにを意味しているかは、すぐにわかった。お父さんは夏祭りの見回りにいくのだ。

その可能性を私は過去の経験からわかっていたはずだったのに、さそわれたうれしさですっかり忘《わす》れ去ってしまっていた。

あの人ごみの中で、お父さんに見つかる可能性が、どのくらいあるんだろう。わずかな可能性であったとしても、小心者の私は、すっかり縮《ちぢ》みあがってしまった。

「お祭りですみれ見かけても、話しかけたりしないでよ。陸南《りくなん》の子にお父さんの娘《むすめ》だって知られたら、なにされるかわからないじゃない？」

「お、大げさだよ！　お母さん」

思わず口をはさんでしまった。

今までもこんな会話、何度も交わされてきたはずなのに。

私らしくない態度に、ダイニングテーブルに座《すわ》っていたお父さんが、おどろいたようにふりかえった。

「陸南生だからって……、全員が悪い人じゃないでしょ？　全員がお父さんのこと、嫌《きら》いなわけじゃ、ないでしょう？」

それは単なる私の願望だった。

お父さんはクシャっと目を細めて、「だといいな」とだけいうと、また前を向いてしまった。

肯定《こうてい》してもらえなかった……。

しょんぼりとした気持ちで、お父さんのななめ前の自分の席へとつく。

「あの問題児の子もくるの？　ホラ岸本《きしもと》なんとかって……」

「岸本蓮人《れんと》。まあそこらへんのグループは、まとめているんだろうな」

ため息とともに吐《は》きだされたお父さんの言葉に、再び心臓《しんぞう》がはねあがる。

さっききいたばかりの名前。レントくん。

「どうしたのすみれ？　食べないの？」

隣《となり》に座《すわ》ってるお母さんが、箸《はし》をもたない私《わたし》に、不思議そうな目を向ける。私はあわてて箸と茶碗《ちゃわん》を両手にもったものの、とても食べられる心境じゃなかった。

問題児。レントくんが問題児……。

ちがう、人は見た目じゃなくって。だけどお母さんまでもが名前を知ってるくらいだから、やっぱり彼《かれ》は何回も問題を起こしているような生徒で……。桐谷《きりや》くんのお友達で、幼《おさな》なじみで……。

ああ、頭がパンクしそうだよ。

やっぱり自分の周りの陸南生《りくなんせい》だけはいい人なんていうのは、都合の良い考えなの？　さっきのレントくんだって、見た目がちょっと怖《こわ》いだけで、そんなに悪い人には見えなかったのに。じゃあレントくんはお父さんのこと、嫌《きら》いだろうか。

……なんて、愚問《ぐもん》だよね。

桐谷くんはどうなんだろう。

お父さんがいう『あそこらへんのグループ』には、桐谷くんはふくまれるんだろうか。

だったら嫌《いや》だな。

「すみれ？　どうしたの？　体調でも悪いの？」

「……うん。風邪《かぜ》っぽいかも」

力なく席を立ちあがると、お父さんが「夏バテか？　早く寝《ね》なさい」と気づかってくれる。その心配そうな顔を見るのが辛《つら》かった。真実を知ったら、きっとお父さんは悲しむだろうなあって思って。

これは風邪じゃなくて、恋《こい》の病《やまい》なんです。

どうかレントくんとお父さんがもめたりしませんように。お父さんに夏祭りで見つかりませんように。

初めてのデートは楽しいだけじゃなくて、いろんな意味でドキドキする。できれば恋するドキドキだけ味わっていたいけれど、私の初めての恋は、どうやらそうじゃないらしい。

どうして好きになった人が陸南生だったんだろう、なんてジュリエットよろしく窓辺《まどべ》で星を見ながら考えたりして。

だけどそんなのに答えなんてないことは、ヒロインじゃない私にだって、わかっていた。

「浴衣《ゆかた》なんてめずらしいわね。男の子とデート？」

「ふえっ⁉」

うしろから帯をギュウギュウしめられながら、突然《とつぜん》いいあてられて、私《わたし》は変な声をあげた。はずかしいから否定《ひてい》したかったけど、お母さんに嘘《うそ》をつくのが嫌《いや》で、黙《だま》ってしまった。

「へえ～。すみれがねえ。おとなしいタイプだから、そんなのまだまだ先の話だと思ってたわ」

お母さんは怒《おこ》ったりしなくて、むしろうれしそうだった。

私も、ずっとずっと先の話だと思ってたよ。

「お父さんが見たらショック受けちゃうかも。うまくかくれなさいね」

「かくれろって……そんなのお父さんのこと先に見つけなきゃ、無理じゃん」

そりゃかくれられるものなら全力でかくれたいけども。一方的に見かけられる可能性だって大だし、あの人ごみで巡回《じゅんかい》するお父さんを避《さ》けるのは困難《こんなん》だ。

「お、お父さん、私に話しかけてきたり……、しないよね？」

「ふふっ。逆上して？　それはないでしょう。お父さんの生徒だって、たくさんいるんだから」

「お父さん……怪我《けが》させられたりしちゃうの？」

「さすがにお父さんに喧嘩《けんか》売ってくるほど、あの子達もむてっぽうじゃないだろうけどね。喧嘩の仲裁《ちゅうさい》とかあるかもしれないし。お父さんも頭に血がのぼっちゃうタイプだから、心配だわ」

「……それならいかなきゃいいのに」

「そういうわけにもいかないのよ。自分の生徒のことだもの」

帯締《おびじ》めが完成して、お母さんに背中《せなか》をポンと叩《たた》かれる。「お父さんに会いたくなかったら、悪そうな子がいるところには、近づいちゃだめよ」というアドバイスつきで。

私は「うん」と一応はうなずいておいたけれど、たぶんそれは無理だろうと思った。桐谷《きりや》くんがレントくんと会えば、挨拶《あいさつ》くらいはするだろうし、なんなら立ち話だってしちゃうかもしれない。そんなところをお父さんに見られたらと思うだけで、背筋《せすじ》がぞーっとする。

とにかく花火を見ることだけに集中しようと心に決めて、慣れない鼻緒《はなお》に足をつっこんで、下駄《げた》をカタカタ鳴らしながら、玄関《げんかん》をでた。

自転車だったらあっという間の距離《きょり》も、歩くとそれなりに公園まで時間がかかる。しかも浴衣で歩くと、こんなにスピードが遅《おそ》くなるとは。

余裕《よゆう》をもって家をでたはずだったのに、気づけば約束の時間を、少しすぎてしまっていた。

気持ち早足で、待ち合わせした公園へと向かうと、遠くから門の前に、彼《かれ》が立っているのが見える。

精一杯《せいいっぱい》の早足で、桐谷《きりや》くんのもとへたどりつくころには、軽く息があがってしまっていた。

「ご、ごめんなさい。遅《おく》れちゃって……」

「え？　ほとんど時間通りじゃん。ってすみれちゃん、もしかして結構遠くから、歩いてきた？」

単に体力がないだけなんですっていいたかったけれど、うまくしゃべれなさそうだったから、息を整えながら、首をふった。

「ホントに？　ごめんなー。待ち合わせ場所、もうちょっと考えればよかったな」

しょんぼりと頭をかく桐谷《きりや》くんに、こっちが申し訳《わけ》なく思う。

かたくなに家を教えないのは、私《わたし》の方なのに。

だけどお父さんの様子を見ていたら、桐谷くんに家を教えることは、できそうにない。もしかしたら、今日この日が桐谷くんとふたりで会える、最初で最後の日になっちゃうかも……。

「すみれちゃん？　ちょっと休憩《きゅうけい》してからいく？」

深刻《しんこく》な表情の私をどうとったのか、桐谷くんが公園のベンチに、顔を向ける。

そこでハッと我《われ》に返った。

「だ、だいじょうぶ……！　体力が……ないだけで……」

「ハハ。すみれちゃん文化系《ぶんかけい》だっけ」

「桐谷くんは……」

「俺《おれ》？　俺もスポーツなんてろくにしてないなー。中学までは陸上やってたんだけどね」

風をきって走る桐谷くんは、きっと素敵なんだろうな、なんて頭の中がトリップしていたら、
桐谷くんが、「初めてだね」といってきた。

「え？」

「すみれちゃんが、俺のことをきいてくるの、初めてじゃない？」

「……そう、かなあ」

「ちょっとは俺に興味もった？」なんて笑われて、胸《むね》が詰《つ》まる。

興味はありまくりです、ヤバいくらい。

「浴衣《ゆかた》かわいいね」

「あ、ありがとう……」

「俺も着たらよかった」

「桐谷くん、浴衣もってるの？」

それはぜひ見たかったなんて思いで、真剣《しんけん》な目できいてしまうと、桐谷くんは困《こま》ったように、

「もってないから着てないの」と笑った。残念、絶対さわやかでかっこいいのに。

「来年は着ようかな」

「来年？」

「そうそ。俺《おれ》の浴衣姿《ゆかたすがた》見たかったら、来年のお楽しみね」

そういうと桐谷《きりや》くんは、イタズラっぽくウインクした。こんなにウインクがキマる男の子を、私《わたし》は知らない。

駅までいくと、浴衣の女の子がたくさん歩いている。

いつもの陸南生《りくなんせい》っぽい男の子も、何人もいる。

私はその中にレントくんがいたらと思うと、気が気じゃなくて、つい周りをキョロキョロして、桐谷くんに不思議がられたりした。

予想はしていたけれど、やっぱり桐谷くんは友達が多い。

電車でひと駅のるだけなのに、その間に三回も声をかけられていた。

陸南生っぽい男の子だったり、女の子のグループだったり。当然、女の子達が私に向ける視線《しせん》は氷のように冷たく、私はその目でエリちゃんを思いだした。見られたら困《こま》るのは、お父さんにだけじゃなかった。

どうかエリちゃんが、夏祭りにきていませんようにと、心の中で祈《いの》った。

電車は夏祭りにいく人達で、いつもよりも混雑しており、緊張《きんちょう》も手伝って、ひと駅だけでどっとつかれた。みんなが同じ駅で降《お》りるから、人波に流されそうになっていると、ぐっと手首を引かれた。

6　ふたりで見る花火

手首に感じる熱い体温に、初めて手首をつかまれたあの日を、思いだす。

あのときとちがって、追いかけられてるわけじゃないから、全神経が手首に集中してしまう。

そのまま人ごみから、引きずりだされるように、ホームの端《はし》まで移動した。

「すみれちゃん、だいじょうぶ？」

「だ、いじょうぶ……。ありがと……」

人波をぬって進んだところで、つかまれていた手は、パッと離《はな》れた。

当然のことなのに、私はそれをさびしく感じてしまう。だんだんよくばりになっているのかもしれない。うつむいてじっと手首を見つめていると、視界《しかい》に桐谷《きりや》くんの手が、さしだされた。

「え？」

「手、つないでく？」

桐谷くんは笑っている。

まさかまた私《わたし》の感情ダダもれ⁉

「い、いい！　いいです！」

あわててぶんぶんと手を振《ふ》ると、桐谷くんは私がもっている巾着袋《きんちゃくぶくろ》のひもを、ちょんとつかんだ。えっと思っていると、「じゃあこれで。すみれちゃんはぐれちゃいそうだから」と、笑顔で私の巾着袋を引いた。つられて歩きだすと、なんだか散歩されてる犬のようにも感じる。

桐谷くんはどう思ってこんな行動をとるんだろう。ひとつの巾着袋のひもをふたりでもつ、そんな些細《ささい》な行動で、私の心臓《しんぞう》がこんなにもはじけそうになってること、桐谷くんは知っているんだろうか。だってさっきから歩くたびに、桐谷くんの小指が私の手の甲《こう》をかすめるんだもの。

心臓がもたないよ。

「失敗だった？」

「え？　なにが？」

顔の赤みをどうにか引かせないだろうかと、懸命《けんめい》に考えていたら、急に話しかけられて、ビックリして顔をあげた。ななめ前を歩く桐谷くんは、ちょっと困《こま》ったような笑顔で、巾着袋をつかんでる手に視線《しせん》をやった。

「すみれちゃん、だまっちゃったから。嫌《いや》だった？」

「ぜ、全然……！　嫌《いや》とかじゃなくて、ただ緊張《きんちょう》するなあって思っただけで！」

「うん。そう思って、手はやめといたんだけど」

「はは……。私《わたし》にはやっぱハードルが……」

自分が情けなくて、かわいた笑いをこぼすと、「ハードル？」と桐谷くんは不思議そうな顔をした。

「あ、ハードルじゃなくて、ラグビーのゴールだった」

「なに？　ゴールって」

「えっとつまり……、ハードルが高すぎるっていうか。私には男の子とでかけるなんて、百年早いよって話……」

本当は「桐谷くん相手だから」、ハードルが高いんだけど、本人を前にして、そんなことはいえなかった。だけど桐谷くんはツボに入ったみたいで、ケラケラと笑いだした。

「百年⁉　俺《おれ》そんなに待ってられないんだけど」

「それはえっと……実際に待ってってことじゃなくて、永遠にムリってことの比喩《ひゆ》です」

「永遠に⁉　今もう実現してんのに？」

「あっ、そうか……。だから緊張してるっていう……話です」

「なるほどー。じゃあすみれちゃんとなかよくなるには、どうしたらいいかな」

「押《お》したらにげるタイプだよね」と笑われて、私はどうしたらいいかわからなくなった。

桐谷《きりや》くんは十分押してると思うし、私は桐谷くんのほかに、こんなに親しくなった男の子はいないんだけど。桐谷くんの中ではまだ、「なかよし」じゃないらしい。

うーんと首をかしげる。

「なかよし」の定義かー。

私だったらミコちゃんとは……。

「メールとか電話とか？」

いったあと、しまったと思った。それさんざんやろうとしたけど、無理だったヤツじゃん！

あわててとり消そうと桐谷くんを見ると、ニヤッと笑って、ポケットからスマホをとりだした。

「いったね。すみれちゃん」

「……ごめんなさい。ハードルあげすぎました」

「まあまあ、そんな気負わないで」

「はぐれたら困《こま》るしね」といわれるともう断れなくて、私はついに桐谷くんと、番号交換《こうかん》をしてしまった。

駅をでると、そこはもうお祭りのかざりつけがしてある商店街で、出店もたくさん並《なら》んでいた。その脇《わき》には怖《こわ》そうな、高校生らしき男の子達の集団が、たむろしている。いかにもお父さんが、巡回《じゅんかい》していそうなポイントだ。私《わたし》はあわてて、キョロキョロとあたりを確認《かくにん》した。

「すみれちゃん、だれか知り合い？」

「えっ？　べつに……」

「タクじゃん」

ぎゃっと心の中でさけんでしまった。ごまかそうとしたそばから、あまりききたくない低音ボイスがきこえたから。しかもさっき見た悪そうな集団の方からだ。

「おー。レントもうきてたん？　今年はあばれんなよー」

ふりかえると、レントくんが集団から離《はな》れて、こっちに歩いてくるところだった。桐谷《きりや》くんはいつも通りって感じで挨拶《あいさつ》してたけど、私は「あばれるな」ときいたとたん、冷や汗《あせ》がいっぱいでてきた。

今年はって……、去年はあばれてたってこと⁉

やっぱりレントくんって、問題児なの⁉

「あばれてねーって。去年だってからんできたのアッチだし。てかこの間の子じゃん。すみれだっけ」

「こ、こんにちは」

私の名前なんてよく覚えてたな……、と思いながら、軽く頭をさげる。

「浴衣《ゆかた》じゃん。はりきってんね」

「は、はは……」

はりきってるとか、その通りだけどいわないでー！

心の中で叫《さけ》びながら、ポリポリと赤い頬《ほお》をかいて、ごまかした。

やっぱり苦手だよ、レントくん。いろんな意味で。

「タク！　ひさしぶりじゃん。こっちこいよ」

「律先輩《りつせんぱい》！　めっちゃひさびさっすねー」

レントくんがでてきた集団の中から、桐谷くんを呼《よ》ぶ声がきこえて、桐谷くんはそっち方面へ歩いていってしまった。私としては、一刻《いっこく》も早くこの集団から、離れたいんだけど。

「タクとデート？　おまえら付き合ってんの？」

「へ？　い、いやまさか」

「はりきって浴衣着てんのに？」

「そ、それは関係ないと思います……っ！」

二回も『はりきってる』とからかわれて、さすがにカチンときた私《わたし》が、顔をあげて反論《はんろん》すると、
レントくんは眉《まゆ》を少しあげて、おどろいた表情を見せた。

「へえ。怒《おこ》ったりもするんだ？」

「……そういうことといっちゃいけないと思います」

からかわれてる。遊ばれてるよ、私。

ふつふつとくやしい気持ちがこみあげてきて、気がつけば、ぼそぼそと反論を口にしていた。

「そういうことって？」

「はりきってる相手に、はりきってるとか……」

「ぷっ、やっぱはりきってんじゃん」

「……」

「あ、ゴメン。泣くなよ？　タクにぶっとばされっから」

正直、レントくんが謝ってくれるとか意外だった。いつのまにか問題児＝ひどい人間だと、すりこまれてしまっていたらしい。はずかしいやら、くやしいやらで、涙目《なみだめ》になってる目を、どうごまかそうかと唇《くちびる》をかんでいると、レントくんは困《こま》ったように眉根《まゆね》をよせたあと、チラッと

そばの屋台に目をやった。

「あれ」

「え？」

「買ってやるから。泣くなよ？」

レントくんが見てるのはわたあめの屋台で、私がポカンとしているうちに、レントくんは屋台の方へ、ダルそうに歩いていってしまった。

わたあめって……、私子どもじゃないし。甘《あま》いもの買い与《あた》えられたぐらいで、ご機嫌《きげん》とられないし。

……って、そんなこと考えてる場合じゃなくて！

レントくんに買ってもらう理由なんて、ないってば。

「ま、待って」

遅《おく》れること数秒、小走りにレントくんを追いかけて、わたあめの屋台に到着《とうちゃく》したときには、すでにレントくんが、千円札を屋台のおじさんに、手渡《てわた》しているところだった。

「ああああ」

「なに？　ネコがよかったとか、ワガママいうなよ？」

「ちが……っ」

押《お》しつけられるように手渡された黄色の袋《ふくろ》には、クマのキャラクターが描《か》かれていた。ちなみに『ネコ』は、キティちゃんだ。

キティちゃんを素で『ネコ』っていう人、初めて見たよ……。

もらったビニールの袋を抱《だ》き締《し》めるように抱《かか》えると、ふんわりと甘《あま》い香《かお》りが鼻腔《びこう》をくすぐる。

その匂《にお》いをかぐと、気持ちまでやわらかくなっていく気がした。

あれ、私《わたし》、まんまと甘いモノにつられてる？

「にあうな。わたがし」

「……どういう意味でしょうか」

フフンと笑うレントくんは、意外に子どもっぽい印象だ。切れ長の瞳《ひとみ》も、見慣れれば怖《こわ》くない。

そのままもといた場所へともどるレントくんの後を、ついて歩いていると、急にレントくんが立ち止まったから、T《ティー》シャツの背中《せなか》に、おでこをぶつけてしまった。

「おっと」

「……レントくん？」

「ちょっとこっち」

そのまま私の手首をぐいと引くと、駅方向にはもどらずに、お祭りの奥《おく》へと人ごみの中を、歩き始める。

「な、なんで？　どこいくの？」

やさしく引いてくれた桐谷《きりや》くんの手とはちがって、レントくんのは遠慮《えんりょ》がないというか、痛《いた》いくらいだ。それが私の不安を、助長させた。

「私、桐谷くんのとこに、もどらなきゃ……っ」

「今はヤバい」

「だからなんでっ？」

「センコーがうろついてる」

その瞬間《しゅんかん》の私の心境を声にするなら、まちがいなく『ひぃっ』だったろう。叫《さけ》ばないようにとっさにあいた手で、口を押《お》さえたけど。

「どどどどうしよう⁉」

思わず足を止めて、レントくんの腕を両手で強く引く。レントくんはおどろいたように、ふりかえった。

「は？」

「き、桐谷《きりや》くん補導《ほどう》されちゃうの……⁉」

『お父さんに』。

いえなかったけど、私《わたし》の頭の中では、勝手にお父さんが、桐谷くんの首ねっこを押《お》さえる姿《すがた》がうかんでいて、私は、涙目《なみだめ》になった。

「なんで祭りにくるだけで、補導されんだよ。小学生か、俺《おれ》らは」

レントくんはよっぽどあきれたのか、わざわざ盛大《せいだい》なため息を吐《つ》いて見せた。それで私は、少し冷静になった。

そうだった。

べつにお祭りにくること自体は、悪いことじゃない。

「私と」いるところを、「お父さんに」見られることが、最悪なんだった。

「なんだ……」

じゃあ桐谷くんと一緒《いっしょ》じゃなかったのは、不幸中の幸いだったのかもしれない。そこにいた教師が、お父さんかどうかはわからないけれど、首の皮一枚《かわいちまい》で、命がつながった気分だった。まだ桐谷くんとの時間を継続《けいぞく》できる。

「じゃ、じゃあレントくんがにげる必要も、なかったんじゃ……」

「マークされたらウゼェだろ？　祭りはこれからなんだから」

マーク、されちゃうんだやっぱり。

レントくんが祭りっていうと、なんかちがう祭りっぽいんですけど。

そんなことを考えていると、ドーンという地響《じひび》きにも似た大きな音と共に、一発目の花火が打ちあがった。

「お、始まったな」

「わぁ……」

夜空に咲《さ》く大輪の花に、自分の状況《じょうきょう》も忘《わす》れて、感嘆《かんたん》の声をあげる。

人の流れが止まって、みんなが空を見あげてる。

しばらく花火に見とれていて、そんな場合じゃなかったと、ハッと気がついた。

チラリと横に立つレントくんに目をやると、彼《かれ》もじっと空を見つめていた。その瞳《ひとみ》はキラキラしていて、純粋《じゅんすい》に花火を楽しむ子どもみたいだ。

どうしてこの人が問題児なんだろう……。そんなことを考えていると、レントくんが急にこっちに視線《しせん》を向けて、意地悪く笑った。

「見惚《みと》れんなよ。タクにいいつけんぞ」

「んな……っ。み、見惚《みと》れてません……っ」

半分は図星だったから、ムキになって否定《ひてい》してしまった。花火に照らされた横顔が、きれいだなあと思っていたのは、事実だから。

「そ、そうだ。桐谷《きりや》くん……」

巾着袋《きんちゃくぶくろ》の中から、スマホをとりだすと、桐谷くんからの不在着信が、表示されていた。あわててかけなおすと、すぐに桐谷くんが、電話にでた。

「き、桐谷くん、ごめんね？」

『……ちゃん……こ？』

おたがい人ごみの中、さらには花火の音が響《ひび》いて、全然会話にならない。たぶん桐谷くんは、「今どこ？」ってきいているのだと思うけれど、具体的に説明できる場所でもない。

「えっと……」

「ここじゃムリだろ」

隣《となり》でだまっていたレントくんが、私《わたし》の手からスマホをさっと、とりあげた。

「タクー⁉　高台のとこで待ってっから！　じゃあな！」

大声で叫《さけ》ぶと、レントくんは一方的に通話をきってしまった。ポイッと放るように、スマホを返されて、あわてて両手でキャッチする。

「なんで切るの……⁉」

「あ？　きこえねえよ！」

私的《わたしてき》には大声で怒鳴《どな》ったのに、やはり花火の音でかき消されてしまったらしく、レントくんが顔を近づけてきた。シルバーのピアスが目の前でゆれて、その距離《きょり》の近さに、おどろいてのけぞる。

「きゃ」

下駄《げた》を履《は》いていたことを忘《わす》れた私は、のけぞったままよろりとよろけて、レントくんにガシッと手首をつかまれてしまった。

「ス、スミマセン……」

「だーかーら、きこえねえって！　なんだよ」

ころばずにすんで、お礼をいおうと思ったけれど、レントくんが不機嫌《ふきげん》そうに顔を近づけてくるから、いえなくなって、私は「なんでもない」という意味をこめて、首をふった。

なんでお礼いおうとして怒《おこ》られてんの、私。

レントくんは桐谷くんとは全然ちがうタイプの男の子で、今まで私の周りにはいなかったタイプだし、どう対応していいのかわからない。

「ここぬけて、高台まで歩くぞ」

おそらくききやすいように、レントくんが耳元でしゃべる。

他意なんてないのは、だれの目にも明らかなのに、耐性《たいせい》がない私《わたし》の顔は、勝手に赤くなった。

レントくんは、私を桐谷《きりや》くんのもとまでつれていってくれるつもりらしい。レントくんは桐谷くんみたいに、「手をつなぐ？」なんて確認《かくにん》したりしない。さっさと手首をつかんで、グイグイ引っぱっていく。

だけどそれぐらいされないと、あっという間にはぐれちゃいそうなくらい、道路は混雑していた。私は背《せ》が小さい方だし、すぐに埋《う》もれる。レントくんの頭は目立つから、見失うことはないだろうけど、いったん離《はな》れたら、見つけられたって、近くまでいくのは、不可能だと思った。

苦労してまとめた髪《かみ》が、乱《みだ》れていくのがわかる。浴衣《ゆかた》だって、きっと着崩《きくず》れてる。次に桐谷くんに会えたときには、ボロボロの私……。そう考えると、ちょっと泣きたくなる。

慣れない下駄をはいてる足の指が、痛《いた》くなってきた頃《ころ》、ようやく花火の中心部をぬけて、人ごみが解消されてきた。まだ花火は序盤《じょばん》で、ドンドンと大きな音を鳴らして次々《つぎつぎ》に打ちあがっている。

「レントくん、ちょっと待って……」

ここならば声がきこえそうというところで、ようやく私は、レントくんに声をかけることができた。

「なに？」

「あ、あの……」

ぶっきらぼうなレントくんの声は、いつきいても不機嫌《ふきげん》なような気がして、それだけで私《わたし》は、委縮《いしゅく》してしまう。だから声をかけるのだって、かなりの勇気がいったのだけれど。この先をいうのは、さらなる勇気を必要とする。

だって。

足が痛《いた》いから、休憩《きゅうけい》したい、だなんて。

本当ならはりきって浴衣を着てきた私が、いっていいセリフじゃない。だから我慢《がまん》しようと思ったのだけど、何回も人にふまれたこともあり、痛みが増してきてる。きっと足の指の皮が、めくれてると思う。

「……ノドかわいたな。なんか飲む？」

私がいいだせないでいると、レントくんが、トロピカルジュースの屋台に、目をやった。

私《わたし》がいいたいことがなんなのか、レントくんはわからないはずだと思う。それでもいえない私に、不機嫌になったりせずに、休憩を提案してくれたことが、うれしかった。

レントくんがジュースを買いにいったすきに、道路脇《どうろわき》にしゃがんで、足の指にバンソウコウを貼《は》った。こんなこともあろうかと、バンソウコウをもってきてよかった。痛みがやわらいで、ホッとしながら、ゆるくなったえり元を、なんとか整えてみる。どうなってるか見えないけど、落ちかけてる髪《かみ》の毛を、ピンでとめ直してると、レントくんが、ジュースを両手にもって帰ってきた。

「なんか飲む」ってきかれたとき、「いいです」って答えたのに。

実際ノドはかわいていたけれど、私にとっては、屋台へジュースを買いにいくよりも、バンソウコウをはる方が、優先事項《ゆうせんじこう》だったのだ。

「い、いいっていったのに」

さしだされたエメラルドグリーンの炭酸水に、あわてて巾着袋《きんちゃくぶくろ》の中から、お財布をとりだす。お金をさしだすと、「いらね」とそっけなくいわれた。だけどこちらとしても、「桐谷《きりや》くんのお友達」という関係でしかないレントくんに、これ以上オゴってもらうわけには、いかない。

「お、お願いします！」

と両手でお金をさしだして、頭をさげると、レントくんは、「メンドくさいヤツ」といいながら、私の手のひらから、銀貨をつみとった。

　みんなが歩道のブロックに座《すわ》っているから、私達もそこに腰《こし》をおろして、ジュースを飲んだ。桐谷くんと見るはずの花火を、こうしてレントくんとふたりで見ていることが、なんとも不思議な気分だった。

「アンタさー」

「は、はい」

「タクのこと好きなの？」

「……へ？」

「タクのどこが好きなの？」

　まさかこんな直球の質問を、顔見知り程度のレントくんにされるとは思わなくて、私は思い切り動揺《どうよう》した。だって正直に答えちゃったら、レントくんから桐谷くんに、伝わっちゃうかもしれない！

　なにか話題を変えなきゃ。話題を……。

「レ、レントくんは……」

「なに」

「どうしてお祭りであばれるんですか……？」

「は？」

レントくんのいった「は？」のトーンの低さに、一気にざあっと血の気が引いて、思わず「今のなしで！」と大声をだしてしまった。

私《わたし》がさけんで立ちあがったのと同時に、レントくんのスマホが、けたたましい音で鳴りだした。

「タクかな」

「え」

「ナオか」

ポケットからスマホをだして、画面を目にすると、レントくんはちがう名前を口にした。べつに桐谷くんから着信があったからって、すぐに会えるわけじゃないのに、なんだかガッカリする。

「なんだよ。今？　花火見てるに決まってるだろーが。おまえらはココに草むしりでもしにきてんのか」

相手の声はきこえない。レントくんは相手が、だれかれかまわずに、こういう喋《しゃべ》り方なんだなと思って、ぼんやりとそれをきいていた。

「は？　……ってマジか。それタツオくんをボコったやつ⁉　ちょ、つかまえとけって。絶対逃《に》がすなよ！」

急にレントくんの声色が変わって、内容も不穏《ふおん》な感じになったから、私の心拍数《しんぱくすう》も一気に上昇《じょうしょう》した。ボコったって、つかまえとけって、いったいなんだろう。

「バカ！　んなの関係ねーだろ！　今さらビビッてんじゃねえよ！」

レントくんは、電話の相手に激《げき》をとばしながら、勢いよく立ちあがった。

「すぐいくから！　人集めとけボケ！」

そのまま私には見向きもせずに、きた方向へと走りだす。

あっというまにプラチナの髪《かみ》は人波にうもれて見えなくなって、私はただポカンと、その場に立ちつくしていた。

7 花火の終わりに

「……」

えーと、これってあれだよね。

置き去り……？　存在《そんざい》を完全に忘《わす》れ去られたってヤツ……？

「ウソぉ……」

状況《じょうきょう》を把握《はあく》すると泣きたくなる。だって私《わたし》はレントくんがいってた、『高台』の場所もわからないのだ。へなへなと脱力《だつりょく》しながら、再びその場にしゃがみこんだ。隣《となり》にはレントくんが置いていった飲みかけのトロピカルジュースが、むなしく存在感《そんざいかん》を放っている。

レントくん、どこにいったんだろう……。

あれって、喧嘩《けんか》……だよね？

今から喧嘩が始まるんだろうか。

やっぱりレントくんは、お祭りにあばれにきたんだろうか。

頭の中ではあばれるレントくんと、その集団にとびこんでいくお父さんとが描《えが》かれていて、心細さに泣きそうになる。

「なんで喧嘩なんかするの……？」

つぶやきは、通りゆく人達の会話で、かき消される。

とにかく桐谷《きりや》くんに連絡《れんらく》しなくちゃ。高台がどこだかわからないし。

桐谷くんはすぐに電話にでてくれた。

「も、もしもし」

『すみれちゃん？　きこえる？』

「は、はい！　きこえます……！」

桐谷くんとまともに電話で会話するのは初めてで、さっきまで一緒《いっしょ》にいたくせに、なぜか緊《きん》張《ちょう》する。電波を通すと、またちょっとちがう感じがして。

『もうすぐつくから待ってて』

「え……高台に？」

『そうだよ。すみれちゃんそこにいるんでしょ？』

「そ、それが……えと……高台ってどこかよくわかんなくて」

桐谷《きりや》くんは、待ち合わせ場所のすぐ近くにいるようだった。私達《わたしたち》のが先に歩いていたはずなのに、どうやら人ごみの中で、追い抜《ぬ》かされたらしい。

『え？　レントといるんでしょ？』

「えっと……、今はひとりで……」

『は？　レントとはぐれたの⁉』

「レントくんは、用事ができたみたいで……」

『は？　どういうこと？　すみれちゃんどこにいるの？』

「川から少し離《はな》れたとこ……屋台が少なくなってきたあたり？　トロピカルジュースの屋台があって……」

『すぐいくから待ってて。動かないでね』

「う、うん。お願いします……」

またもどってきてもらうのは悪いなあと思ったけれど、高台がどのあたりかよくわからないし、私が動くのは、かえって桐谷くんに迷惑《めいわく》をかけそうだったので、おとなしくお願いした。

通話をきって、道路のブロックに座《すわ》って、ボーッと花火を見あげてた。桐谷くんと見るはずだった花火を、なぜかレントくんと見て、今はひとりで見ている。ものすごく変な日だ。

レントくんは今ごろ、喧嘩《けんか》してるのかな。

そう思うと止められなかった自分の無力さに、心が痛《いた》む。初対面に近い私が心配することじゃないのはわかってるけど、それでもこうして知り合ってしまったんだし、できれば怪我《けが》をしたり、喧嘩して、つかまったりしないでほしいと思う。

だけど私はさっき、桐谷くんが喧嘩の現場に向かっていないことに、ホッとしていたんだ。レントくんがいった、『人集めとけ』に桐谷くんが入っていなくて。お父さんと桐谷くんが、モメる心配がなくて。

「あ〜、私ダメだあ」

自己嫌悪《じこけんお》に思わず空をあおいで、ひとり言をつぶやく。花火のまっ最中だからか、みんな一様に上を向きながら歩いていて、道路のブロックに座《すわ》る私の存在《そんざい》なんて、だれも気にしていないように見える。だから夜にひとりなんて、いつもなら怖《こわ》かったけれど、それほど不安を感じずにすんだ。のんきに花火を見ていると、桐谷くんから電話がかかってきた。

『すみれちゃん？　どのあたりにいる？　トロピカルジュースの屋台見えてんだけど、ちがうかな』

「えっ、もう？」

さっき電話をきってから、十分もたってない。そして電話からきこえる彼《かれ》の声が、息切れしているから、走ってもどってきてくれたんだとわかった。あわてて立ちあがって、キョロキョロすると、『見つけた』と桐谷《きりや》くんがいって、通話が切れた。

「すみれちゃん。おまたせ」

「き、桐谷くん。ごめんなさい、私《わたし》……」

「はーっ、運動不足だな、俺《おれ》。それもらっていい？」

桐谷くんの額には、汗《あせ》がうかんでいる。肩《かた》で息をしたまま、桐谷くんが笑顔で指さしたのは、私がもった、飲みかけのトロピカルジュースだった。

「え、でもこれかなり前に買ったから氷とけてるし、ぬるいし……。あっ、私買ってくるから、待って……」

しゃべってる最中に、桐谷くんはニコッと笑って、私の手からプラスチックのカップをうばうと、ストローに口をつけて、ゴクゴクと中身を飲んだ。

うわぁ……。

思いきり間接キスなんですけど。

頭がそう認識《にんしき》すると、ボボッと顔に火がついたように、熱くなった。ヤバい、私が変なこと考えてるって、またバレる。困《こま》った私はうつむいて、桐谷くんの視線《しせん》をさけようとしたけれど、当然そんなのは無駄《むだ》な抵抗《ていこう》で、桐谷くんがクスッと笑ったのが、気配でわかった。

「ごめんね。全部飲んじゃった。買ってくるから、待ってて」

「えっ、私もう……」

「俺《おれ》まだ飲みたいから。待ってて」

なんならレントくんの飲みかけもあるんだけど……、なんて失礼なことを考えて、足元に置きっぱなしにされたもう一つのコップを見つめると、桐谷くんにも伝わったみたいで、すぐに、

「これはいらねえ」と、中身を側溝《そっこう》に流して捨《す》ててしまった。

「ここからでも結構花火きれいに見えるね」

桐谷くんがジュースをもってきて、ブロックに座《すわ》ったので、私も再びブロックに座る感じになってしまった。道路沿《どうろぞ》いで、花火観賞に適してる場所とはいいがたいけれど、私はさっきからずっと、ここで花火を見ている。

だけどやっと、桐谷くんと。

そう思うと、ドキドキが止まらなくなる。

さっき少しだけ一緒《いっしょ》にいて、緊張《きんちょう》が緩和《かんわ》されかけたところだったのに、また最初からやり直

しだ。はずかしさをごまかすため、もっていたわたあめの袋《ふくろ》を、抱《だ》きしめるようにして、気持ちを落ち着かせた。

「それレントに買ってもらったの？」

「え？　……う、うん」

なんだかすっごく険のある桐谷《きりや》くんの声に、ビクッとして彼《かれ》の方を見た。表情はべつに怒《おこ》っていない。ふつうに会話してるときの顔。

「アイツそんなことするんだ？」

「えと……おわび？　みたいな？」

だけどやっぱりちがう声の調子に、私《わたし》はおどおどと目が泳ぎだす。

そんなことするんだっていわれても。

ふだんのレントくんなんて知らないんだけどなぁ……。

「おわび？　なんかされたの？」

「や、べつにそういうわけじゃないと思うけど……」

「食べていい？　それ」

「え？　う、うん。……桐谷くん、わたあめ好きなの？」

うなずいてわたあめの袋を手渡《てわた》すと、桐谷《きりや》くんは袋をあけてわたあめをちぎり、口へ放りこんだ。瞬間《しゅんかん》、「あっま」と顔をしかめる。

「……嫌《きら》いなの？」

「ガキのころは、好きだった気がするけどなー。こんなに甘《あま》かったたっけ？」

「わたあめだもん。甘いよー」

べーと舌をだす桐谷くんが、なんだかかわいくて笑っていると、桐谷くんがちぎったわたあめを、さしだしてきた。……顔の前に。

「えっ？」

「すみれちゃんも食べていいよ」

「あ、ありがとう……？」

たぶんどう考えても、「あーん」の構図だったと思う。

私《わたし》の自意識過剰《じいしきかじょう》を抜《ぬ》いて考えても、そういう距離《きょり》だった。

だけどここでかわいくパクッとかぶりつくような、高等技術をもちあわせていない私は、とまどいながら、手で受けとってしまった。

「ん？　なんか変？」

「食べてもいいよって、だってそれ私のなのに。変なの」

照れ笑いで、はずかしさをごまかす私に、桐谷くんは、「没収《ぼっしゅう》」と笑った。

「え？」

「俺《おれ》ときてる女の子が、他のヤローに買ってもらったわたがし抱《かか》えてるとか、嫌《いや》じゃん」

「……」

そうか。そういわれてみると、なんか私、失礼なことしたのかも。

男のプライド？　みたいなのを、傷《きず》つけちゃったんだろうか。

「すみれちゃん？」

「あ、ごめんね……。私慣れてないから、わからなくて……」

「わからないって？」

「失礼な態度とかとってたら……、ごめんなさい」

おどおどと謝ると、桐谷くんはちょっと困《こま》ったように、「ごめん。ガキくさいことといって」と、笑った。だけどもってるわたあめは、返してくれないところを見ると、結構本気で気にしていたのかもしれない。

「桐谷くんでも、そんなこというんだ……」

「だーから、ゴメンって。心せまくて」

ボソッといったのは、つい心の声がでちゃっただけなんだけど、桐谷《きりや》くんは冗談《じょうだん》っぽく、反応してくれた。

「ううん。安心する」

「え?」

「桐谷くんもふつうの人なんだなって思って、安心する」

桐谷くんは人気者で、女の子はみんな、彼《かれ》みたいな人のことは好きだと思う。だからつねにそういう立場にいる桐谷くんは、もっと女の子に対して、余裕《よゆう》な気持ちをもっていると、勝手に思っていた。だから、私《わたし》がレントくんに買ってもらったわたあめのことを、気にしてくれたのが、意外だし、うれしいと思ってしまった。桐谷くんを、身近に感じることができて。

「でもレントくんがせっかく買ってくれたから、私も食べるね」

そういって桐谷くんがもっている袋《ふくろ》からわたあめをつまむと、桐谷くんは脱力《だつりょく》したような笑顔を見せた。

「すみれちゃん、ぜってーわかってねーだろ」

「なにが?」

「これってヤキモチなんだけど」

「ヤキモチ？」

「レントに妬《や》いたの！　俺《おれ》が買ってあげたかったのに！」

「……」

それって。

それって……。

言葉の意味を理解した途端《とたん》、有り得ないくらいに、心臓《しんぞう》が早鐘《はやがね》を打ちだした。あっという間に耳まで赤くなって、桐谷くんに「瞬間湯沸《しゅんかんゆわ》かし器みたい」と笑われてしまった。

だってそんなのありえないよ。

桐谷くんが私のことで、ヤキモチやくなんて。

赤くなった頬《ほお》はかくしきれないし、桐谷くんの顔なんて、絶対に見れないから、膝《ひざ》を胸《むね》にあてて、うずくまる。

「すみれちゃん？　だいじょうぶ？」

「だいじょうぶ……じゃない……」

「え？　どっか痛《いた》い？」

「心臓《しんぞう》……、痛《いた》い……」

私《わたし》の様子に一瞬《いっしゅん》あせったらしい桐谷《きりや》くんは、私の返答をきいて、「ハハ」と笑った。

「笑いごとじゃないのに……」

「俺《おれ》のせい？」

「……」

「だったらうれしいなって思って」

もうだまっててください。

心臓がいそがしすぎて、悲鳴あげてるよ。

「ホラ、すみれちゃん。わたがしは？　レントが泣いちゃうよ？」

再起不能におちいりかけている私を、桐谷くんがわたあめの袋《ふくろ》でつつく。そんなことをしていると、ドーンという大きな音と共に、ひときわ大きな花火があがった。

「わあ」

バラバラと派手《はで》な音を立てて、柳《やなぎ》のようにしだれていくオレンジの花火に、思わず見入ってしまう。

「クライマックス近いかな。で、レントはどこいったの？」

「そ、そうだ。レントくん……喧嘩《けんか》しにいっちゃったのかも」

「あー、しょうがねえな。けどすみれちゃんを置き去りにするとか、ゆるせねえな」

私が不安な気持ちを思いだしたのと同時に、桐谷くんは怒《いか》りの感情を、思いだしたようだった。

「だ、だけどレントくんは、私を桐谷くんのところまで、送りとどけようとしてくれたし、足が痛い私のために、休憩《きゅうけい》してくれたりして、あの……！」

とってもいい人だったよ。

そう伝えたかったのだけれど、桐谷くんが私の額を、軽く小突《こづ》いてきたから、最後までいえなかった。

「こーら」

「え？」

「すみれちゃん確信犯？　そういうことというと、俺妬《や》くって、さっきいわなかったっけ？」

「あ……」

ただ桐谷くんの怒りを緩和《かんわ》させたくて、事実を伝えただけだったのに、かえってそれは桐谷くんを、不機嫌《ふきげん》にさせてしまったようだった。

桐谷くんに妬いてもらえるなんて、そんな光栄なことはない。だけどこのむずがゆい空気に、どう対応したらいいのかわからない。

「すみれちゃん、もしかしてレントのこと、気に入った？」

「え……」

今度は桐谷《きりや》くんが、レントくんと同じような質問を投げかけてくる。だけどさっきとちがって、その答えは私《わたし》の中にない。そもそも桐谷くんの友達を、「気に入った」「気に入らない」でくくるのは、私にはおかしいと思うんだけど……。

「ごめん。変なこといったかも」

「う、ううん。ビックリしただけ……」

桐谷くんはすぐに質問をさげてくれたから、私は答えずにすんだ。

思いうかぶレントくんは、さっきの電話のときの、怖《こわ》い顔だった。

「レントくんは……」

「ん？」

「見た目は少し怖いけど……、いい人だと思う」

「そっか」

「怪我《けが》しないでほしいし、つかまらないでほしい……」

「ハハ。にげ足だけは速いし、だいじょうぶじゃね？」

お父さんにつかまりませんように。こっそり心の中で祈《いの》る。

「あー、やっぱりちょっとあせってるかも俺《おれ》」

「……あせってる？」

「レント目当てで俺によってくる子も多いからさ。すみれちゃんがそんなワケねーのに」

「……」

「どうしたのすみれちゃん。目がまんまるだよ？」

「……ビックリして」

「どうして？　レントモテそうじゃん？」

桐谷くんによってくる女の子は、桐谷くん目当てに決まってると思ってた。それは単に私の欲《よく》目《め》なだけじゃないはずだ。レントくんはたしかにかっこいいかもしれないけど、とっつきやすさでいったら、桐谷くんの方が、断然人気がありそうだ。

あ……、だからレントくん目当ての子も、桐谷くんに近づくのか。

「アイツ意外とやさしいでしょ？」

「……うん」

「そのギャップが好きみたいなんだよね。女の子って」

怖《こわ》い顔のレントくんと、不器用ながらも、やさしさを見せてくれたレントくんとを、交互《こうご》に思いだして、わかるかもとうなずいた。

「あれで女の子置き去りとかしなかったら、無敵なんだけどね〜。おしいヤツだよね」

「はは……」

実際置き去りにされた私《わたし》としては、苦笑いしかできない。

「レントくん、なにがあったのかな」

「なんかいってた？」

「タツオくん？　をボコったヤツとか、いってたけど……」

知ってる？　という意味をこめて、桐谷《きりや》くんを見ると、彼《かれ》はしぶい表情をしていた。

「桐谷くん？」

「あ？　ああ、ごめん。タツオくんね。俺らの一コ上の先輩《せんぱい》だよ。近所に住んでる。去年の祭りで、他校の生徒と喧嘩《けんか》して、それがいつの間にか、大乱闘《だいらんとう》になっちゃって」

「え……」

「だれかがタツオくんを、橋から川に、投げ落としたらしい」

「……」

そんなのヘタすりゃ死んじゃうじゃん。

私はお父さんの、『アイツら加減を知らない』の言葉を、今になってかみしめていた。

「まあ怪我《けが》はたいしたことなかったんだけど、そのせいでタツオくんだけ、にげられなくて、つかまっちゃって」

「……うん」

「結果、退学になっちゃったっていう話」

「え」

「だからレント達は、ムキになって、相手さがしてるんだよ。その話だすと、熱くなっちゃうから」

「……」

「あ、ごめん。こんな話、引くよな」

「……ううん。きいたのは、私だから……」

引いた、とは少しちがう。

ただショックだった。

去年は私《わたし》はお祭りには、いってなかったけれど、お父さんは今日と同じように、お祭りの見回りにいっていたと思う。たしかその日も、帰りが遅《おそ》かった。だけど私は、それをいつものことだと、日常の一部のようにとらえていて……、その陰《かげ》でこうして傷《きず》ついたり、なにかを失ったりする人がいるんだってこと、考えたこともなかった。知らない世界だったから。

なんていっていいのかわからないでいると、最後のスターマインが、派手《はで》な爆発音《ばくはつおん》と共に、夜空を明るく照らした。

「今ので終わり、かな？　すみれちゃん、足はだいじょうぶ？」

「バンソウコウ貼《は》ったから……だいじょうぶ」

「そっか。でも今駅いったら、めちゃくちゃこんでるだろうから、少し待ってから帰ろうか。時間だいじょうぶ？」

「……うん。花火きれいだったね」

桐谷《きりや》くんが心配そうに私を気づかうから、精一杯《せいいっぱい》の明るい笑顔でそういった。私が落ちこんでいる理由を、桐谷くんは知るよしもないから。心配かけたくない。

「あっれ、タクじゃん」

「おー。おまえらもきてたの」

「女の子連れはいーねー」

帰る人の群れで、さっきとは逆の流れができる。その中でときどき、桐谷くんの知り合いらしき人達が、声をかけてくる。

桐谷くんてやっぱり顔広いな。悪そうな人も、ふつうの人も、桐谷くんにはいろんな友達がいる。

「そろそろ俺《おれ》らもいく？」なんて桐谷くんが立ちあがって、私も立ちあがりかけたときだった。

「あーっ、タクだあっ！」

甘《あま》い声をあげてかけよってきた女の子が、うしろから桐谷くんに抱《だ》きついた。

「おわっ。……ってジュリ⁉」

バランスをくずしながらも、桐谷くんは声で、すぐに相手の女の子がだれなのか、わかったみたいだった。

「タクきてたんだ～。知ってたらジュリも、一緒《いっしょ》に見たかったのに！」

「さそってねーから。てか離《はな》れろって」

「やだよー。せっかく会えたのに！　ケッチンらときたの？」

「きてねーって」

やれやれって感じで対応する桐谷《きりや》くんは、この女の子と仲が良いみたいだった。

胸《むね》がチクチクする。だけど入っていける雰囲気《ふんいき》じゃないから、少し離《はな》れたところで、私はボーッと立っていることしかできなかった。

「え……っ、タク女の子ときてんの⁉ 彼女《かのじょ》できたの⁉ ジュリきいてないんだけど！」

「できてねーし。なんでいちいちジュリに報告するんだよ。ホラ手ぇ離して」

「なんだあ。彼女じゃないのかー」

あからさまにホッとした彼女は、私に向き直ると、「はじめまして。ジュリです」とニッコリ笑って、自己紹介《じこしょうかい》をしてきた。

ジュリちゃんはくりくりとしたパーマの毛を、頭のてっぺんでまとめて、大きな花をかざっていた。レースをたくさんあしらった、かわいいピンクの浴衣《ゆかた》を着ている。メイクは濃《こ》いけれど、それをぬいても、目のパッチリした、小柄《こがら》でかわいい女の子だった。

「すみれです……。はじめまして……」

「すみれちゃんかー。すみれちゃんはなんで、今日タクひとりじめなの？」

「……」

「こら。俺《おれ》がさそったんだから、そういうこというなよ」

暗に「桐谷くんはみんなのもの」宣言《せんげん》をされたみたいで、心に重しを載《の》せられたみたいに、ズッシリきた。

「へー。タクからさそったんだあ？　ねえねえタクって、やさしいでしょ？」

「は、はい……」

「あ、敬語《けいご》じゃなくていーよ。ジュリまだ一年だし」

「はあ……」

「でもさー。そのやさしさに泣かされないようにね？」

そういうとジュリちゃんは、その口元をゆがめて、フッとほほえんだ。

――やさしさに泣かされる？

どういう意味だろう、と少し首をかしげると、ジュリちゃんは、「タクは博愛主義者だからねー」とつけたした。

ああ、そうか。

桐谷くんがやさしくしてくれるのは、自分だけが特別じゃないんだっていうことなんだ。かんちがいしない方がいいよって、教えてくれているんだ。意味はわかったけれど、「はいわかりました」なんていうのも変だから、唇《くちびる》をかんでだまっていた。

「おまえ、人を悪人みたいにいうなよ」

桐谷《きりや》くんが困《こま》ったようにいうと、ジュリちゃんは、「だって本当じゃん」と、桐谷くんを肘《ひじ》でこづいた。

「ジュリ友達ときてんだろ？　待ってんじゃん。早くいけよ」

「あーっ、追い払《はら》った！　いーっだ」

ジュリちゃんは子どもみたいなしぐさを見せると、少し離《はな》れたところに立っていた、女の子ふたり組のところへ、小走りでもどっていってしまった。

「さてと、帰ろっか。すみれちゃん」

「……うん」

花火大会の独特の、余韻《よいん》をのこした空気が、私達《わたしたち》を包む。さっきほど人の流れがなくて、祭りのあとみたいな感じで、ものさびしい。桐谷くんが少し困ったように笑うから、私も笑顔を返した。うまく笑えただろうか。

ジュリちゃんの存在《そんざい》に関して、桐谷くんがふれてほしくなさそうに感じたから、さっきのできごとが、なにもなかったかのように、ふたりで歩く。当然ながら、もうはぐれるような心配はないから、桐谷くんの手が、私の巾着《きんちゃく》のひもを、もつことはない。

夜店の電球が、前を歩く私達の影《かげ》を、アスファルトに色濃《いろこ》く落とす。少し離れたその距離《きょり》が、まるで夢からさめた現実みたいだと、その輪郭《りんかく》をながめながら、思った。

駅の前を通るときは、お父さんがまだいるんじゃないかと、胸《むね》がドキドキした。だけどそれらしい大人《おとな》の気配もなく、私達はすんなりと、改札を通ることができた。

レントくんはどうなっただろうか。さすがに去年のような、大乱闘《だいらんとう》は起きていないと思う。それだったら、もう少し警察《けいさつ》の姿《すがた》とか、さわいでる空気とかが、あると思う。

どうか今年は何事もなく終わりますように……なんて、自分が関わったとたんに、そんな都合のよいお願いを、心の中でしてしまっていた。

8　夏がすぎたら

花火大会の帰りは、時間が時間だから、家まで送りたいという桐谷《きりや》くんと、それだけはさけたいという私《わたし》の間で、少しの攻防《こうぼう》があった。

結局私は、家のすぐ近くまで送ってもらい、角を曲がって、家に入ったところで、桐谷くんに『無事家に着いたよ』のメールを送ることで、難《なん》をのがれることができた。

絶対無理だと思ったメールの送信ボタンも、必要にかられれば、難なく押《お》せるもので、その日から私と桐谷くんは、メールをする仲になった。私が返すメールはホントに短くて、そっけなさすぎるかなと、自分で心配になってしまうものの、意識すると、かわいい文面なんて作れない。

あの日、緊張《きんちょう》から解放された私は、早々《そうそう》にお風呂《ふろ》に入って、ベッドに転がってしまったから、その日お父さんが何時に帰ってきたのかは、わからなかった。

次の日のお父さんの様子を、こっそりうかがってみたけれど、昨夜《ゆうべ》なにがあったかなんて、いつもと同じお父さんからは、読みとれなかった。

桐谷くんは夏休みは、補習《ほしゅう》で毎日学校にいっているらしい。メールをすれば、会えなくてもこうして、桐谷くんの日常を知ることができる。

たぶんだけど、桐谷くんは進学するんじゃないだろうか。だから補習授業がたくさんある気がする。受験生だし、これから大変になるのかな。恋人同士《こいびと》じゃないから、用事がなければ、会うことはかなわない。私は夏休みを、図書館にいって宿題をしたり、学校へいって絵を描《か》いたりして、すごしていた。

「え？　それって、両想いってヤツじゃないの？　もうすみれ達、付き合ってるんじゃないの？」

学校帰りのファミレスで、すこし日に焼けたミコちゃんが、向かいでジュースを飲みながら、サラッといい放った。私は飲んでいたジュースに、軽くむせてしまった。

恋《こい》がそんなに簡単《かんたん》に進行したら、どんなに良いか。

私にとっては困難《こんなん》きわまりない道程に思えるのに、どうして世の中は、カップルばかりなんだろう。みんなどうやって思いを伝えたのか、教えてほしい。

「ミ、ミコちゃんは、もしかしてサモンくんと……」

「えー、ないない！　ないよー」

そう笑って否定《ひてい》するミコちゃんが、なんだか大人《おとな》に見える気がするのは、気のせいだろうか。

この間まで、同じラインに立っていた気がするのに。

これが想われてる余裕《よゆう》ってヤツなのかな……？

「なんでないの？」

「だってサモンくんとふたりで遊ぶの怖《こわ》いもん、私《わたし》」

「怖いって？」

私がきくと、ミコちゃんは少し声のトーンを落として、顔をよせるようにして、教えてくれた。

「なんかすぐに押《お》し倒《たお》されそうなんだもん」

「ええーっ⁉」

思わず大声をだしてしまい、ミコちゃんに「しっ」とたしなめられる。

「つつ付き合ってもいないのに⁉」

「そうそう、だって会うと、すぐにスキンシップしてこようとするんだもん。この間、みんなで海にいったときだって、みんなといるのに、肩《かた》くんできたり……」

「え、ええっ⁉」

「やっぱ男の子なんて、そんなもんかなー」

「……」

「あ、もちろん桐谷《きりや》くんはそんなことしてなかったよ！」

軽くカルチャーショックを受けてだまる私に、ミコちゃんがすばやくフォローしてくれる。

桐谷くんは外見のイメージよりも、ずっとまじめな男の子なんじゃないかと、私は思う。桐谷くんに、理想の男の子像を投影《とうえい》してるっていわれれば、否定《ひてい》はできないけれど、それでも桐谷くんは、あの日最後まで、私にふれることもなかったのだから。

「エリちゃんはベタベタしたがってたけど、うまくかわされてたよ？　すみれのときは、そんなのないでしょ？　もっと自信もっていいよ」

「はは……」

だって私からベタベタしようとするシチュエーションなんてないんだから、それこそかわされようがない。

「夏休み、エリちゃんなにか、しかけてくるかもよ。ねえ、すみれは桐谷くんとは、もう遊ばないの？」

「うーん……。補習《ほしゅう》でいそがしいみたいだし」

「そんなことといってる間に、エリちゃんにとられちゃうよ！　エリちゃん以外にも、ライバルなんて、いっぱいいいそうじゃん！」

ミコちゃんの言葉で、頭にうかんだのは、ピンクの浴衣《ゆかた》の女の子。ジュリちゃんだ。この間知り合った私達《わたしたち》に比べたら、ずいぶん仲がよさそうだった。

「……どうしたらいいと思う？」

ジュースのストローをいじりながら、ちょっと上目づかいで、ミコちゃんをうかがってみた。

「とにかく会い続ける方がいいよ！　相手の様子もわかるし」

「会い続けるって……、会う機会もないのに、難《むずか》しいよ」

「そんなの図書館で、一緒《いっしょ》に勉強しましょうって、さそえばいいでしょー！」

「ミコちゃん……。ミコちゃんだったら、それできる？　ミコちゃんはサモンくんと、もう会わないの？」

どう考えても他人事だから、気が大きくなってるミコちゃんに、じとっとした目線を送ってみた。ミコちゃんてば、やっぱり自分に話がふられると、目が泳ぎだしてる。

「あんまり冷たくしたら、サモンくんあきらめちゃうかもよ？」

ちょっと意地悪をいうと、ミコちゃんは痛《いた》いところをつかれたみたいで、グッと言葉をつまらせた。

「わ、私はもっと、ゆっくりなかよくなっていきたいんだもん……。ついていけないよ。きっと、サモンくんとは、無理だと思う……」

「……ミコちゃん」

急にしょんぼりしたミコちゃんを見て、罪悪感に見舞《みま》われた。きっと、このまま終わりにしていいだなんて、ミコちゃんだって、思ってはいないのに。

「私達にはやっぱ恋《こい》なんて、ラグビーのゴールなのかもねえ」

「……またみんなで遊ぼうよ。桐谷《きりや》くんと、サモンくんと、四人で」

哀愁《あいしゅう》ただようミコちゃんをなんとかしたくて、つい自分らしくもない提案をしてしまった。

「遊園地とかさ、サモンくんといったら楽しいと思う。ねっ」

「……うん」

ミコちゃんは、口をへの字に曲げたまま。

私はいってはみたものの、そんなプロデュース自分にできるのかと、心の中で冷や汗《あせ》をかいていた。

それはミコちゃんのためであって、自分のためだった。

私にはそれぐらいの大義名分がなければ、自分から桐谷くんをさそったりは、できないから。

「すみれちゃんに、宿題見てほしいっていわれるとは、思わなかったなあ」

目の前に座《すわ》る桐谷《きりや》くんは、困《こま》った顔で笑いながら、私《わたし》の夏休みの課題集をめくってる。

「すみれちゃんのが、よっぽど頭いいと思うよ?」

「そんなこと……」

宿題を見てほしいというのは、会うための口実にすぎないから、それで桐谷くんを困らせちゃってるのだとしたら、申し訳《わけ》ないと思う。

桐谷くんの肌《はだ》も日に焼けて、少し黒くなってる。髪色《かみいろ》も少し焼けたのかな。日にすけてキラキラと輝《かがや》いている。夏の始まりの花火大会から、一か月もたっていないのに、時の流れを感じて、なんだかさびしくなった。会えない間にも、桐谷くんの時間が流れていることを、目で見て実感して。

彼《かれ》と付き合いたいなんて、大それた願いはもってはいけないと、何度もいいきかせてきたはずなのに、心は勝手に、不相応な願望へと、流れ始める。もっとたくさん会いたいと。

数学の公式集と、にらめっこしていた桐谷くんが、ふっと笑って、目線をあげて、私を見た。

「すみれちゃん、見すぎ」

「ごっ、ごめんなさい」

「いや、いーけどべつに。ここさ、この公式使えば、いいんじゃん？」

ふわっと笑われて、私はあわてて、視線《しせん》を公式集へと落とした。

ヤバい。

私の感情は、桐谷くんには透《す》けてるんだって、いわれたのに。

またやってしまった。

猛烈《もうれつ》な自己《じこ》反省をしている間にも、桐谷くんは丁寧《ていねい》に、とき方の説明をしてくれる。困ってたみたいだったから、数学は苦手だったのかもと内心思っていたのに、単なる謙遜《けんそん》だったみたいだ。

「……で、答えになるわけだけど。俺《おれ》の説明わかった？」

「は、はい」

「すみれちゃん、数学苦手なの？」

「私、文系《ぶんけい》クラスだから……」

「あー、文系女子っぽいよね。絵、上手だったしね。これで終わり？　すみれちゃん優等生《ゆうとうせい》だから、すぐ終わっちゃったね」

「ぜ、全然！　優等生とかじゃなくて、桐谷くんの教え方がうまいから……」

「ちょっと休憩《きゅうけい》したら、課題進めよっか？　俺も補習《ほしゅう》の課題あるし」

「補習《ほしゅう》……。毎日、大変だね」

「バカはつれーよ」

休憩スペースで、桐谷《きりや》くんがカップの自販機《じはんき》で、コーラを買ってくれた。

初めてふたりで飲んだのも、コーラだったなと、なつかしく思いながら、シュワシュワとはじける炭酸に、唇《くちびる》をつけた。

「桐谷くんて、本当は頭いいんでしょ？」

「よかったらふつうに、光丘《ひかりおか》とかいってるって」

「ぷっ……。女子校なのに」

そんなたわいもないやりとりが楽しい。

花火大会の夜は、ドキドキしてそれどころじゃなかったけど、こうして図書館で話していると、学校の中みたいで、緊張《きんちょう》がやわらぐ。自然に笑っていると、桐谷くんが小さく、「よかった」と口にした。

「よかった？　なにが？」

「すみれちゃんに、嫌《きら》われてなくて」

「え？　え？」

私《わたし》の感情、全部透《す》けて見えてる桐谷くんがいうセリフには思えなくて、おどろきの声をあげていると、桐谷くんが笑って、肩《かた》をすくめて見せた。

「だってすみれちゃん、海こなかったし」

「あ……」

「次は海でねっていったときも、反応イマイチだったから、俺《おれ》ガッツきすぎて、引かれてんだと思ったー」

冗談《じょうだん》っぽく照れ笑いする桐谷くんに、私はどうしたらいいかわからずに、「ご、ごめんなさい」と謝ってしまった。

これじゃ、まるで肯定《こうてい》してるみたいだ。実際は、全然逆で。

好きだから。好きだからこそ。他の女の子となかよくしてるのを見るのが辛《つら》かった……、なんて。

そんな弱虫な自分を、どういえば理解してもらえるんだろうか。

「最初から、図書館にさそえば、よかった」

「はは……」

桐谷くんの中では、私は『海嫌いな子』として、認識《にんしき》されてしまったらしい。だけどたしかに、桐谷《きりや》くんと海になんていったら、私《わたし》の心臓《しんぞう》は、またとんでもないことになってしまうだろうし、そういう意味では、図書館の方が、私には合ってるのかもしれない。

「美術館とかも、好き？」

「そ、そういうわけじゃなくって」

「ん？」

「そういう場所も好きだけど、そういう場所だけが、好きなわけじゃなくて……」

「うん？」

「ゆ、遊園地とか」

「え？」

「……」

桐谷くんが、キョトンとした顔で、こちらを見た。

「すみれちゃん、遊園地が好きなんだ？」

「えっと……、子どものとき以来いってないけど……。でも、好きっていうか……」

遊園地に一緒《いっしょ》にいってください。

そのひとことをいうのがどんなに難《むずか》しいか。

いつもサラッとさそい文句を口にする桐谷くんは、やっぱりすごいなあと思った。困《こま》って桐谷くんの方をチラッと見ると、彼《かれ》は笑いをこらえるように拳《こぶし》で口元を押《お》さえていた。それを見て汗《あせ》がどっとふきだす。

「すみれちゃん、それおねだり?」

いいあてられて、かーっと頭に血がのぼる。

「ご、ごめんなさい。忙《いそが》しいよね、受験生だもんね……」

にげ場をさがすように、視線《しせん》を自販機《じはんき》の方へと、さまよわせると桐谷くんは「べつにいいよ。一日くらい」と、笑いながら答えてくれた。遊園地に、いってくれるらしい。

「あの、サモンくんも……!」

「サモン?」

「あとミコちゃんを……、さそいたいんだけど」

そこまでいうと、桐谷くんは私の意図を理解したようで、「ああ」とつぶやいた。

「そういうことか」

ひとりごとのように、つぶやいたその声に、笑いはもうふくまれてはいなくて、その雰囲気《ふんいき》の違《ちが》いに、今度は別の意味で、心臓《しんぞう》がドキドキした。なにかいけないことを、いってしまったんだろうかと。

「……桐谷《きりや》くん？」

「あーあ、あとちょっとで、合格だったのに。すみれちゃん」

「えっ？　えっ？」

突然《とつぜん》の不合格をいい渡《わた》されて、不安で胸《むね》がいっぱいになる。やっぱり私《わたし》は、桐谷くんの機嫌《きげん》を、そこねたらしい。

「すみれちゃんが、俺《おれ》に会いたいっていったり、どっかいきたいっていったり、おかしいと思ったー」

「……」

私の態度がおかしいといわれて、今度は悲しくなる。

ホントはいつも会いたいって思ってるし、一緒《いっしょ》に遊びにいきたいのに。

――いえないのは、私だ。

「すみれちゃんは、ミコちゃんがサモンのこと、好きだって思うの？」

「……好き、まではまだいってないような」

「それなのにすみれちゃんは、ふたりをくっつけようとしてんの？」

桐谷くんに、批判《ひはん》めいたことをいわれたのは初めてで、言葉につまってしまう。私はミコちゃんとサモンくんが、うまくいってほしいと思ってる。だけどそれは、本当にミコちゃんのためだけだろうか。

「あ……っと、ゴメンね。すみれちゃん。やつあたりしちゃった」

「……ううん」

「思い通りにならないと、女の子にあたるとか、俺ガキだよなー」

桐谷くんが困《こま》ったように、頭をかいたけれど、ふたりの間には、微妙《びみょう》な空気が流れていた。

「さてと、続きやろっか。次はなんの教科だっけ?」

「うん……」

その後ふたりで、また課題を始めたけれど、私はさっきの桐谷くんの言葉が、ずっと引っかかっていた。

いわれた言葉の意味が、わからなかったわけじゃない。桐谷くんの不機嫌のわけも。

勇気がほしいなーと思う。目の前まで歩いてきて、桐谷くんは手をさしだしてくれていたのに、私は自分から手をださなかった。今はそういう状況《じょうきょう》なんだと思う。

「よし、俺終わりー。やっぱ静かなとこでやると、はかどるね。あんま図書館とか、きたことなかったけど」

「……あ、あの！」

「ん？」

「よかったら明日も……、き、きませんか……？」

緊張《きんちょう》のあまり、敬語《けいご》になってしまった。

いったあとは、そりゃもうドキドキしていて、鼻から必死で、酸素を吸入《きゅうにゅう》していた。そんな小鼻のふくらんだ私《わたし》を見て、桐谷《きりや》くんはキョトンとした後、プッとふきだした。

わかりやすくがんばりすぎたらしい。

だってさっきの今だし。桐谷くんからのサインかと、とっさに思ってしまったのだ。

もしかして、私の自意識過剰《じいしきかじょう》なかんちがいだった……!?

「そうだね」

だけどやっぱり桐谷くんはやさしくて。

私に恥《はじ》をかかせないように、受け入れてくれる。

「明日も補習《ほしゅう》終わったらこようか。ふたりで」

『ふたりで』に、特別な響《ひび》きがこめられているような気がして、胸《むね》がまたはじけそうにさわいだ。

照れかくしに、ガチャガチャと、机《つくえ》にでていた文具をふでばこにしまう。

私もいつか、『ふたりで』っていいたい。

あと何回会えば、いえるかな。

だけどこうやって、何度も会っていれば、どんどん桐谷くんに、近づける気がしていた。この間まで、大きなへだたりがあると、感じていたのに。

恋《こい》は盲目《もうもく》。

桐谷くんといると、なにもかもうまくいくような、錯覚《さっかく》におちいる。

それを思い知ったのは、八月の終わり。

もう一度ジュリちゃんに、会ったときだった。

9 突然《とつぜん》

ジュリちゃんと会ったのは、画材屋さんへいくために、いつもとちがう駅で、降《お》りた日だった。

ジュリちゃんは、そこの近くの高校の制服を着ていた。

チェックのプリーツスカートが、かわいい私立《しりつ》の高校。

こんなところで会うなんて思わなかったから、ビックリした。気づいたのが私《わたし》だけだったら、声をかけることもなかったと思う。先に気づいて、声をかけてきたのは、ジュリちゃんの方だった。

「すみれちゃーん！　ひさしぶりっ」

「えっ……」

ふつうに友達に声をかけるみたいに、気さくにされて、とまどってしまう。

「ジュリ友達ー？　光丘《ひかりおか》に友達なんかいたんだ？」

ジュリちゃんは、同じ制服を着た女の子と、ふたりづれだった。

「タクの元カノだよ」

「えっ⁉」

声をあげたのは、私と友達両方だった。

「あれ、ちがった？」

ジュリちゃんは悪びれもせずに、「まだ別れてなかったか」と、ペロッと舌をだした。

「嘘《うそ》、じゃあ今カノってこと⁉」

「ちち違《ちが》いますっ！」

お友達が大ゲサにおどろくから、私はあわてて両手をふって、否定《ひてい》した。

「付き合ってませんっ」

「嘘、まだ付き合ってなかったの？　タクなにやってんのー⁉」

今度はジュリちゃんが、おどろく番だった。

だけど、おどろかれたって困《こま》る。花火大会にふたりでいたからって、それがどうして付き合うことに発展《はってん》するんだろう。しかももう別れてる予想とか、結構ひどい。

大体、どうしてジュリちゃんが、そんなことをいうんだろう。ジュリちゃんは、いったいなんなんだろう。

そんな私《わたし》の思いが思いっきり顔にでてたんだろう。ジュリちゃんは、「ん？」というような顔をしたあと、「ああ、ジュリ？　ジュリはタクの元カノだよ」と、サラッと爆弾《ばくだん》発言をした。

「えっ⁉」

「あれ、知らなかった？　タクから、きかなかったの？」

「……きかなかった」

「ふーん。まだそんな仲なんだ」

ジュリちゃんの態度はバカにしてるようにも、ガッカリしてるようにもとれた。

「あっという間に、フラれてたけどね～」

「んなことないよっ！　二週間はもったもん！」

「二週間……」

「ちょっとすみれちゃん！　今ジュリのこと、バカにしたでしょ⁉」

「しししてません！」

「すみれちゃんも、付き合いたいなら告っちゃえば？　タク、すぐ付き合ってくれると思うよ？」

「……」

「じゃあ、あたしが告るわ！」と友達がふざけていうと、「ササじゃ無理」と至極《しごく》まじめな顔でジュリちゃんはいった。私は自分の知ってる桐谷《きりや》くんと、ジュリちゃんが話してる内容の人が、まるで同一人物とは思えなくて、ただポカンとしていた。

「なんですみれちゃんはよくて、あたしじゃダメなのさー」

「だってすみれちゃんは、トクベツだもん。ねー」

「えっ？」

「あっと、ジュリ今日バイトだった。そろそろいかなきゃー。いくよ、ササ」

「じゃね、すみれちゃん！」とジュリちゃんは手をあげると、駅ビルの方へと走っていってしまった。

嵐《あらし》がすぎ去ったような気分で、私はしばらくそこに、ボーッとつっ立っていた。

そして画材屋へはいかずに、そのまま電車にのって、最寄駅まで帰ってしまった。

桐谷くんに元カノがいても、当然なのはわかってる。でも頭でわかってるのと、実際に目で見るのでは、衝撃《しょうげき》の度合いがちがう。

ジュリちゃんが、『元カノ』っていうだけじゃない。

桐谷くんは告白すれば、すぐに付き合ってくれちゃうような、軽い人だってこと……？

私が特別って、なに？

おそらく考えたって、答えなんてでないのに、私《わたし》はずっとジュリちゃんの言葉にとらわれたまま、駅からの道を、自転車で走っていた。

けれど、公園の入り口を通りすぎたところで、私は自転車のブレーキを、ギュッと握《にぎ》りしめた。キッという高いブレーキの音を立てて、私の自転車は、公園のフェンスの横に止まった。

視界《しかい》のはしっこに映《うつ》っても、目にとまってしまう、プラチナの髪《かみ》。

自販機《じはんき》でジュースを買っていたのは、レントくんだった。

思わず止めてしまった自転車にまたがったたまま、ひょこひょこと公園の入り口までさがる。それは声をかけようというよりも、もう一度確認《かくにん》してみようくらいの、軽い気持ちだったのだけれど、入り口までもどったところで、でてきたレントくんと鉢合《はちあ》わせしてしまった。

「お」

「こ、こんにちは……」

ジュースはベンチで飲むんじゃなくて、家にもって帰る用だったらしい。

「すみれじゃん。ガッコいってんの？　休みなのに」

T《ティー》シャツにハーフパンツのレントくんは、目を丸くして、制服姿《せいふくすがた》の私を見つめた。

「今日は部活で……」

桐谷くんだって毎日、制服を着て補習《ほしゅう》にいってるし、そんなにめずらしいことじゃない。レントくんは夏休みに入ってから、一回も制服を着ていないんだろうか。

「レントくんはなにしてるの……？」

そういや私、この人に置き去りにされたんだった。

当の本人は全く気にしていないか、忘《わす》れてしまったみたいだから、べつにいいけど。

「ノドかわいたから、ジュース買ってる」

「うん……」

「家でマンガ、読んでた」

「うん……」

「で？」

「で？　って？」

「すみれは？　俺《おれ》になんか、用なんじゃないの？」

「え？」

「もどってきてたじゃん。わざわざ」

『わざわざ』を強調されて、はずかしくなった。

自転車でひょこひょこ後退していたぶざまな自分を、フェンス越《ご》しにバッチリ見られていたらしい。レントくんに用があったわけじゃないけど……。

「タクなら俺《おれ》んちいるけど、くる？」

私《わたし》がいいよどんでいると、レントくんはなにを勘違《かんちが》いしたのか、そんな発言をしてきた。

ここで『桐谷《きりや》くんに会える……！』なんてよろこべるほど、今の私は、おめでたい思考じゃない。ぷるぷると頭をふると、レントくんは眉間《みけん》にシワをよせて、「タクと喧嘩《けんか》？」ときいてきた。

「喧嘩なんてしてない……」

「あ、そ」

「レントくん」

「ん？」

「夏祭りの日、だいじょうぶだった？」

「は？」

「その……喧嘩、したの？」

なんのことかわからなかったみたいなレントくんも、ようやく思いだしたようだった。不快な気持ちを思いだしたのか、眉間のシワがより深くなる。

「したけど。なんで？」

喧嘩しないでほしいなんて、いえる間柄《あいだがら》じゃないし、喧嘩はよくないですって、優等生《ゆうとうせい》発言する気もない。

それでも。

「ケガしてないみたいでよかった……」

そう思うのだけは自由だし、素直な私の気持ちだ。

レントくんはちょっと目を見開いて、おどろいた顔をした。むずがゆそうに、首のうしろをかくと、二本もってたジュースのうち、コーラを私にさしだした。

「え？」

「やる」

「え、だって……」

「どうせタクのだし。やるわ」

押《お》しつけるようにされて、思わず受けとってしまう。

「なんで？」

「あー、ワビだよワビ。花火んとき、置いてったろ」

「……ふっ」

思わず笑ってしまった。いいにくそうにしているレントくんは、ちゃんと覚えていたんだなあって。

「なに？　コーラ嫌《きら》いとか？」

「ううん。桐谷《きりや》くんて、いつもコーラ飲んでるよね」

「アイツ好みかたよってっから」

「かたよってる？」

「好きなものいっぺんとう。嫌いなものは、いっさい受けつけないってヤツ」

「……それって」

「ん？」

「女の子も一緒《いっしょ》かなあ……」

「は？」

レントくんのポカンとした顔を見て、私《わたし》なにいっちゃってるんだろうと気づいて、猛烈《もうれつ》にはずかしくなった。ジュリちゃんの、「告ったらすぐに付き合ってくれる」発言が尾《お》を引いて、こんなところで、でてきてしまった。

「い、今のなし！　コーラ、ありがとうございます。それじゃっ」

レントくんの顔を見ないまま、うしろを向いて自転車で走り去ろうと、ペダルに足をかけた。

「同じじゃね？」

「……え」

だけどレントくんが、予想外に答えてくれたから、私の足は止まってしまった。

「つーか女こそ、嫌いなのわざわざ食うかよ。タクなんか食い放題なのに」

「……そう、だよね」

冷静なレントくんの答えは、やけに説得力があって、私はホッと息をついた。

「なに、タクに拒否《きょひ》られたの？」

「ちっ、違《ちが》いますっ！」

自分の想いを告げることなんて、エベレスト登頂並《とうちょうな》みに難《むずか》しいことのように思えるのに、そんな簡単《かんたん》にいわないでほしい。しかも拒否られるとか、ホントだったら今ごろ、ショックで寝《ね》こんでるし。

「拒否……ったりするの？　って当たり前だよね。なにいってるんだろ、私……」

だれとでも付き合うってきけば嫌だなと思うし、拒否されるってきけば悲しくなるしで、そんな自分をもてあましてしまう。実際レントくんも面倒《めんどう》くさそうで、「おまえらがそういう顔するから」と、ボソッといった。

「え？」

「タクに断らせないのは、おまえら女どもだろ。断りゃよってたかって、集団で責めやがって」

「……」

「今じゃ、タクの彼女《かのじょ》になるのは、案外簡単だとかいうデマまで、出回ってるらしいぜ」

「……ごめんなさい」

「なんですみれが謝んの」

「だって、おまえらっていったから……。実際、私《わたし》そういう顔してたし」

「そういう顔って？」

「桐谷《きりや》くんに拒否《きょひ》られたときのことを想像した顔……」

「どんな気分になんの？」

「この世の終わりみたいな……」

想像してたら、そのさびしさと悲しさが、一気におそってきて、それはなんて恐《おそ》ろしいことなんだと気づいて、ぶるっと身震《みぶる》いをした。目の前のレントくんは、あきれた表情で、あさっての方を見ている。

「タクは拒否ったりしないんじゃねえ？」

「え？」

　こんな話興味ないって感じで、ダルそうに立ってるのに、レントくんなりに、私を気づかってくれるらしい。

「すみれなら、だいじょうぶだろ」

「なんで……」

「すみれちゃん？」

　ちょうどそのとき、大好きなさわやかな声が、うしろから耳に届《とど》いた。

　ふりかえると、桐谷《きりや》くんが小道から姿《すがた》を現したところだった。

　私の顔を見ると、急にきびしい表情に変わって、レントくんを睨《にら》みつけた。

「すみれちゃんに、なにいったんだよ」

　私の不安が、モロに表情にでていたのだと思う。桐谷くんはそれを、レントくんがなにか私にいったせいだと、思っているようだった。

「ジュース買いにいったにしては、いつまでももどってこないと思ったらさ……。こんなところで、すみれちゃんとなにやってんの？」

「なにやってるって、いわれてもな。日光浴か？」

レントくんは、桐谷《きりや》くんが不機嫌《ふきげん》な顔していても、どこふく風だ。

私《わたし》はオロオロしてるだけ。

レントくんは、むしろ慰《なぐさ》めてくれていたんだけど、ここで余計なことをいうと、桐谷くんの機嫌をそこねることは、前回学習済《ず》みだ。

「ふーん。で、コーラは？」

「すみれにやった」

「あ、ここに……」

もっていたコーラを、さっとさしだしたけれど、桐谷くんは受け取ってはくれなかった。

「俺《おれ》のコーラをダシに、すみれちゃんたぶらかしてたわけ？」

「は？」

桐谷くんの挑発的《ちょうはつてき》な態度に、少しレントくんの声色が変わる。冗談《じょうだん》でいいあってるようにも見えるし、険悪な雰囲気《ふんいき》にも見える。

「すみれはすみれで、この世の終わりみたいな顔してるわ、タクはタクで、暑苦しいわで、やってらんねえ」

「は？」

「勝手にふたりでやってろって話だろ。俺、帰るわ」

この世の終わりの話は、しないでほしかったのにー！

心の中でさけんでも今更《いまさら》だし、この空気の中に入ってく勇気もない。レントくんがそう告げて、公園の出口へ歩きだしたけれど、桐谷くんは特に引きとめなかった。

ダラダラと歩いて帰るレントくんの、Ｔ《ティー》シャツの背中《せなか》を見送っていると、桐谷くんに、「すみれちゃん」と声をかけられた。

「あ、ご、ごめんね。はい、コーラ」

急いでコーラのペットボトルをさしだす。

ってぬるくなってるか。夏祭りの日も、ぬるいジュースを、桐谷くんに飲ませたんだっけ。

そう気づいてひっこめて、「新しいの買うから」と、自転車を公園の端《はし》において、自販機《じはんき》へと向かった。止められるかと思ったけれど、桐谷くんがなにもいわないから、自販機でコーラを購《こう》入《にゅう》する。ガコンという音がしたところで、うしろから腕《うで》がのびて、とりだし口からコーラをとった。

「はい。これはすみれちゃんの」

片手《かたて》にもっていたコーラを引き抜《ぬ》かれて、今買ったばかりのものを、手渡《てわた》された。

桐谷《きりや》くんはそのままベンチへ向かったから、私《わたし》もその後についていった。

すごく複雑な気分だったから、今は桐谷くんとは会いたくなかったというのが、本音だった。

だけど桐谷くんは不機嫌《ふきげん》なままだし、このまま帰れる雰囲気《ふんいき》じゃなかった。

いつかと同じように、ベンチでふたりで、コーラを飲む。

「レントと、なに話してたの?」

なに話してたかは、とてもいいにくい。私は桐谷くんのことを、コソコソとレントくんから、ききだそうとしていたのだから。

「レント、すみれちゃんに、なにか、ひどいこといった?」

「いってない。それはホントに……、いってないよ」

「そう。ならいいけど」

腑《ふ》に落ちない様子で、桐谷くんはコーラを、ゴクゴクと飲んだ。

嫌《きら》われたくない、変な誤解《ごかい》もされたくない。だけど私がなにも話さないことが、桐谷くんの不信感をあおるなら……。

「ジュリちゃんに会って……」

「ジュリ?」

私には、うまくとりつくろうことは、できないから。

「ジュリちゃん……、桐谷くんの元カノだって……」

こんなこといわない方が、私と桐谷くんは、なかよくいられるんだろうって、わかってるけど。

「桐谷くんは告ったら、すぐに付き合ってくれるって」

桐谷くんの目が見開かれて、ショックを受けているんだと思ったら、私まで胸《むね》が痛《いた》くなって、桐谷くんの顔が、見られなくなった。

レントくんは桐谷くんをかばってたし、私のことなぐさめてくれたってことも、ちゃんと話した。桐谷くんはずっとだまっていたけれど、最後に「そっか」とだけいった。さっきみたいなイラついた感じじゃなくて、それは炭酸がぬけてしまったコーラみたいに、生気のない声だった。

沈黙《ちんもく》が、私達を包む。

セミの声だけが、真夏の公園を支配して、額に汗《あせ》の粒《つぶ》が流れていく。

時が止まったような錯覚《さっかく》におちいって、私は今しゃべったことを、猛烈《もうれつ》に後悔《こうかい》し始めていた。

てっきり否定的《ひていてき》なことを口にされると思っていたのに、桐谷くんは私が想像していたこととは全くちがうことをいった。想定外どころか、桐谷《きりや》くんにいわれること自体、想像がつかなかったセリフ。

「すみれちゃん。付き合おう、俺《おれ》ら」

あまりにその場に、につかわしくないセリフに、私《わたし》は自分が熱中症《ねっちゅうしょう》になって、白昼夢でも見てるんじゃないかと思った。

10 恋愛進化系《れんあいしんかけい》

夏休みが終わっても、肌《はだ》が焼けるような残暑が続いた。

ひさしぶりに見るクラスメイト達は、部活で日に焼けた子もいれば、海で焼けたって子もいる。海にもプールにもいかなかった、私の肌は白いままで、それがなんだか気はずかしいような気持ちになる。

エリちゃんは、何度か海にいったみたいで、こんがりと小麦色に焼けていた。

朝、下駄箱《げたばこ》のところで会って、「おはよう」といったけれど、無視《むし》された。

ミコちゃんは、教室で私の顔を見るなり、ダッシュでとんできて。私の耳元に顔を近づけると、「ホントなの!?」と問い詰《つ》めてきた。主語がなくても、なんの話だかはわかる。私は、「ホント……だと思う」と、なんとも情けない返事をした。

――私は桐谷くんの彼女《かのじょ》になった。

こうして言葉にして頭にうかべても、それはまるで現実味をもたず、いつ「ドッキリでした！」といわれても、不思議はないくらいだ。

そんな嘘《うそ》かホントかわからないような状況《じょうきょう》の中でも、私《わたし》の首が縦《たて》に動いてしまったのは、ひとえに桐谷《きりや》くんとの関係を、終わりにしたくなかったからだと思う。

桐谷くんともう会えなくなるなんて、考えられなかったし、嫌《きら》われたくないと思った。だから頭の中には、お父さんの顔や、ジュリちゃんの顔がうかんでいたけれど、まよう間もなく、頭が動いてしまったんだと思う。

「どんな感じ⁉」

「どんなって？」

「ラブラブしてんのかって、きいてんのよ！」

ミコちゃんが、「やだ、もう」と照れながら、私の肩《かた》を肘《ひじ》でこづいてくる。私と同じく男の子に免疫《めんえき》のないミコちゃんは、興味津々《きょうみしんしん》だ。

「し、してないよ！　ラブラブってなに！」

同じく小声で反論《はんろん》する。

付き合おうって決めたら、急にラブラブしちゃうもんなのか、世の中のカップルは。

「え、手ぇつないだり〜。ちゅーしたり？」

「そんなの考えただけで、たおれそうなんだけど！」

私がまっ赤になって怒《おこ》ると、ミコちゃんはブハッとふきだした。

それから、「すみれが変わっちゃってなくて、安心した～」とのんびりいった。

変われないことの方が、問題だと思うんだけど。

でも残念ながら、人はそんなにすぐには変われない。

大体、付き合い始めたキッカケが、なんだかよくわからない感じだったし、私が想像していたおたがいの気持ちが高まりあって、気持ちをたしかめあって……というのとは、少しちがった気がした。桐谷くんは、私がうなずいたのを見て、ホッとした表情を見せた。

「じゃあ、すみれちゃんは、今から俺《おれ》の彼女《かのじょ》ね」っていってくれて、そのあとは、いつもと同じように家の近くまで、一緒《いっしょ》に帰って別れた。

「遊園地にいったときは、もう付き合ってたの⁉」

「う、うん」

「なんでそのとき、いってくんなかったのー⁉」

「はずかしくて……、ていうか実感全然ない」

夏休みの最後の日曜日に、サモンくんとミコちゃんをさそって、四人で遊園地にいった。

ミコちゃんがふたりきりを嫌《いや》がるから、四人もしくはミコちゃんと私《わたし》、桐谷《きりや》くんとサモンくんに別れて行動した。

楽しかったけれど、カレカノっぽかったかときかれれば、全然そんなことはなかった。

図書館にも何回か一緒《いっしょ》にいった。それでも最初にいったときと、なにも変わらない。宿題を一緒にやって、一緒に休憩《きゅうけい》をする。男の子と付き合うなんて、未知の世界だったけれど、こうして一歩足をふみいれてみれば、付き合うっていったいなんなんだろうとすら思う。桐谷くんはどうして、私と「付き合いたい」と思ったんだろう。

「ミコちゃんは？」

「サモンくん？　ＬＩＮＥ《ライン》は毎日してるよー。大分慣れてきたかも」

「ＬＩＮＥ送るのに？」

「サモンくんをあしらうのに！」

「最初は、嫌《きら》われたらどうしようって思って、できなかったけど、今は平気で、バッサリきれるようになった」と、ミコちゃんは楽しそうに笑った。

「ミコちゃん楽しそう……」

「すみれも楽しいことすればいいよ！　ふたりで、どっか遊びにいったら、いいじゃん」

「ふたりで？」

「すみれも、もう彼女《かのじょ》なんだから、自分からさそうの平気でしょ？」

「う、うん……」

たしかにもう、ウザがられたらどうしようとか、変なヤツだと思われていないかだとか、そういう心配をする必要は、なくなった。付き合ってるんだから、「遊びにいこう」っていうのが自然な気がする。むしろいわない今の方が、不自然なんじゃ……！

「が、がんばるよ。ミコちゃん。私がんばる」

「えっ、すみれ、やる気になったの!?　ちょっと置いていかないでよー」

「うっざ」

小声ながらもはしゃいでいた私達の耳に、さすような鋭《するど》い声がきこえた。

パッと声のした方を見ると、エリちゃんのグループだった。

だけど私達が見たときには、エリちゃん達は、昨日見たドラマの話でもりあがっていて、私達の方を、チラリとも見なかった。だからだれがいったかまでは、わからない。

悪意を向けられることに、胸《むね》がズキズキと痛《いた》んだ。だけどそのかわりに私は、『彼女』という場所を手に入れたのだから、もっとがんばらなくちゃいけないと思った。

放課後になると、美術室へ向かった。

文化祭に展示《てんじ》するための作品を描《か》き始めなきゃいけない。窓《まど》に向かって、スケッチブックを広げる。桐谷《きりや》くんは放課後も学校で勉強してくるから、帰りは少し遅《おそ》くなる。私《わたし》はこうして絵を描いてから帰ることで、桐谷くんと帰りに会えたらいいな、なんて思いながら、部活にでている。

「文化祭……、きてくれるかなあ」

閉鎖的《へいさてき》な女子校だけれど、唯一《ゆいいつ》、文化祭のときだけは、一般客《いっぱんきゃく》も校内に出入りできるようになっていた。美術部では毎年、『アートなカフェ』というテーマで、作品をオシャレに展示したカフェを作っている。

女子ばかりだから、大がかりな出し物はおこなわれない、地味な文化祭だけど、桐谷くんがきてくれたら、きっとすごく幸せだ。

「そ、それでね。あの……文化祭、よかったらきてくれないかなあって」

「うん、いくよ。すみれちゃんの絵、見てみたいし」

学校帰りに、いつもの公園でベンチに座《すわ》って、ジュースを飲む。ホントはオシャレなカフェとか、いってみたいけど、毎日そんなことするお金ないし、私にはこれが十分な幸せだ。

しかも勇気をだしてさそったら、ＯＫしてくれたし。やったよ、ミコちゃん。

やりとげた充足感《じゅうそくかん》で、ニコニコしていると、桐谷くんが隣《となり》で、軽くふいたのがわかった。

「え？　なに？」

「すみれちゃん、文化祭っていつ？」

「え？　十一月だよ」

「今は？」

「九月……？」

「そんな先の約束で、すごい満足そうなんだけど」

笑顔でいわれて、そういえばそうだったと、はずかしくなった。それまで桐谷くんと、どこにも遊びにいかないつもりか、私。もっと直近の誘《さそ》いにすればよかった。

でも、じゃあ、どこにさそう？　桐谷くんは、ふだんなにして遊んでるんだろう。

うーん、となやんで、ベンチに手をついたら、ちょうどそこに桐谷くんの手があって、小指同士がふれた。瞬間《しゅんかん》、「あっ」といって、手をひっこめてしまった。

「ご、ごめんね？」

「なにがごめん？」

「……手、さわってごめんね？」

まじめに謝ったのに、桐谷《きりや》くんは苦笑いだ。

「そこは手をひっこめてごめんって、意味にしてほしかった」

「……えっと」

「俺《おれ》にさわられるの、嫌《いや》？」

「ぜ、全然！　嫌じゃないよ！」

ムキになって否定《ひてい》すると、「じゃあ遠慮《えんりょ》なく」と桐谷くんはひっこめた私《わたし》の手の上に、自分の手を重ねてきた。

ギュッとにぎられると、カーッと体温が上昇《じょうしょう》していくのがわかった。

「あ、暑いね」

照れかくしにあいてる手で、ペットボトルを口に運ぼうとしたけれど、とっくに飲み干《ほ》していて、中身は空だった。

「……」

うわ。かっこ悪い私。

「俺の飲む？」

「い、いい！」

桐谷くんが手を離《はな》してくれないから、私はペットボトルを脇《わき》に置いて、手でパタパタと顔をあおいで、体温をさげようと試みていた。

「うちくる？」

「えっ」

「いや、暑いなら部屋入る？　と思って」

「……い、いいの？」

桐谷くんの部屋にあがるだなんて、また緊張《きんちょう》の度合いがあがることはわかっていたけれど、彼《かれ》の部屋を見てみたいという欲求《よっきゅう》に勝てずに、私は桐谷くんの後をついて、ガレージの横にある外階段《そとかいだん》をあがっていった。

「あ、あの……。ご両親は……」

「いるよー。残念ながら、一階にいる。だから、心配しなくていーよ」

カンカンと鉄製の階段をふみならし、桐谷くんが笑いながらいった。何気なくきいただけだったけれど、自意識過剰《じいしきかじょう》発言っぽかったと、余計にはずかしくなった。

勝手口のような扉《とびら》をあけると、そこは小さいながらも、ちゃんとした玄関《げんかん》になっていて、私は「おじゃまします」と、小さな声で挨拶《あいさつ》をして、靴《くつ》をぬいだ。

桐谷《きりや》くんについて廊下《ろうか》を歩いていくと、扉《とびら》をひとつ通りすぎて、次の扉の前で止まった。

「なにか食いもんとってくるから、入ってて。隣《となり》、弟の部屋だけど、部活でいねーから、気楽にしてて」

「う、うん。おじゃまします」

足をふみいれた空間は、初めて入る、『男の子の部屋』だった。

窓際《まどぎわ》にローベッド、手前にテレビとテーブルが置いてある、すっきりした部屋。ブルーのシーツが、桐谷くんっぽくてさわやかだと思ったけれど、きっとお母さんの趣味《しゅみ》なんだろうな。テレビの横には、スマホ用のコロンとした、かわいいスピーカーが置いてあって、音楽をきくのが好きなのかなーとか、ドア横の姿見《すがたみ》のところに置いてあるワックスを見て、ここで毎朝セットしてるのかなーとか、ふだんの桐谷くんの様子が色々《いろいろ》と想像できて、私《わたし》の気分はすっかり高まっていた。

「座《すわ》っててくれて、よかったのに」

「あ、うん」

キョロキョロと部屋を見回していたから、座ることも忘《わす》れて、部屋の中央につっ立っていた私に、入ってきた桐谷くんが、声をかける。

手にはスナック菓子《がし》の袋《ふくろ》と、ペットボトルのお茶を二本、もっていた。

六畳《じょう》ほどの部屋には、すぐにクーラーの冷気が回って、暑さは全く感じなくなった。

ベッドを避《さ》けて、ラグマットの上に座るから、桐谷くんとの距離《きょり》も近い。

一緒《いっしょ》にベンチで座ってたときも、これぐらいの距離にはいたんだけど、それが桐谷くんの部屋という閉《と》ざされた空間になると、途端《とたん》に緊張《きんちょう》がます。

桐谷くんは自分の部屋だからか、いつにもましてリラックスムードで、自分がふだんきいている曲を、スピーカーで流してくれた。

「こういうの嫌《きら》い?」

「ううん。音楽はなんでも好き。くわしくないから知らないけど……」

「そっか。バンドやってるツレもいるんだ。今度ライブ一緒にいく?」

「うん!」

「レゲエだから気に入るかわかんないけど、俺《おれ》は好き」

「桐谷くんが好きなら、私もきいてみたいな」

順調に会話は流れていたのに、桐谷くんがそこできょとんとするから、急に汗《あせ》がふきだす。なんか私《わたし》、変なこといったかな。

「よかった」

「え？」

「すみれちゃん、俺《おれ》のこと好き？」

「えっ」

突然《とつぜん》笑顔できかれて、カーッと頭に血がのぼる。

そんなの、サラッときくことじゃないと、思うんですけど……！

それとも付き合ってるカップルは、こういうの確認《かくにん》し合うのが、ふつうだっていう感覚だろうか。

そうだよね、付き合ってるんだから、ここで答えないなんて、変なこと……。

頭がぐるぐる混乱《こんらん》しながらも、なんとかギギギと音がでそうに、固い首を動かして、頭をさげた。赤くなってるに違《ちが》いないであろう顔をあげると、桐谷《きりや》くんは、少しホッとしたような表情をしていた。

「よかった」

もう一度同じセリフ。

クエスチョンマークが顔にでていたからか、桐谷くんは照れかくしのように、大きくのびをすると、うしろに手をついて教えてくれた。

「付き合おうっていったとき、すみれちゃんメチャ微妙《びみょう》な顔してたからさー。ホントはちょっと自信なくなってた」

「え、ご、ごめん。そんなつもりじゃ……。ただビックリしたっていうか」

「うん、だよね。わかってて告ったもん。だから『付き合って』じゃなくて、あえて『付き合おう』にしたってゆう」

照れ笑いをする桐谷くんは、今までに見たことがないような、かわいい表情。

いつもかっこいい桐谷くんに、かわいいなんて、おかしいけど。

「ホントはすみれちゃんとは、もっとゆっくりなかよくなっていけば、いいかなと思ったんだけど」

「う、うん」

「レントにとられたら、癪《しゃく》じゃん?」

「……」

レントくんにとられる……。

桐谷《きりや》くんは冗談《じょうだん》っぽく笑ったけれど、私《わたし》にはイマイチそのイメージが、わかなかった。

とられるってつまり、レントくんと私が、付き合うってことでしょ？

私はレントくんには、相手にもされていないと思うんですけど……。

「すみれちゃんが、俺《おれ》のこと好きで、よかった」

「う、うん」

陽が落ちるまで、桐谷くんの部屋ですごして、帰り道はいつものように、家の近くまで送ってもらった。

まだまだ暑いのに、夏が終わって少しずつ、日没《にちぼつ》の時間が早くなっているのを感じる。そしたら自然と、桐谷くんとすごせる時間が、へってしまう。

さびしいな。

少し前までは、偶然《ぐうぜん》会えたら奇跡《きせき》のように思っていて、今は毎日会っているのに、とんだ贅沢《ぜいたく》だ。どんどん欲張《よくば》りになる自分を、怖《こわ》く感じる。

「すみれちゃんがチャリ通じゃなかったら、手つないで歩けたのになー」

桐谷くんがそんなうれしいことをいってくれるから、「明日から歩いて通います」だなんて、無理なことを、口にしたくなる。

「なにやってる」

そんな夢心地だった私を一気に現実に引きもどしたのは、背後《はいご》からきこえた、困惑《こんわく》した——お父さんの声だった。

「え？」

桐谷くんがいる、ふわふわとしたシャボン玉のようにきらめいてる世界と、お父さんとすごす、おだやかな日常とは、私の中では完全にへだてられていて、その壁《かべ》をのりこえて、急に侵入《しんにゅう》してきたお父さんという存在《そんざい》に、私はシャボン玉の世界が、パチンとわれたような気がした。

反射的《はんしゃてき》にふりかえると、そこにはスーツ姿《すがた》のお父さんが、立っている。

ひどく、とまどった表情で。

どうして。どうして、お父さんがこんなところに。

お父さんは車で通勤《つうきん》していて、こんな家の近所を、歩いて帰ってきたりは、しないはずだった。

出張の時、以外は。

私は桐谷くんと付き合えたことで、うかれすぎていて、そんなだいじな注意を払《はら》うことすら、おこたっていた。

「なにって、女の子送ってるんすけどー」

桐谷《きりや》くんが、軽く答えたからハッとした。桐谷くんからすれば、陸南《りくなん》の先生に声かけられたのだから、当然自分あてだと思うだろう。

『お父さん』なんて、呼《よ》ばなくてよかった……！

首の皮一枚《かわいちまい》のところで、つながったことを感じて、息を吐《は》くけれど、心臓《しんぞう》のバクバクは、全然治まってはくれない。私《わたし》はじっと、お父さんの出方をうかがった。

「娘《むすめ》になにをする」って、怒《おこ》りだすかもしれない。

お父さんが口を開くまでの数秒間が、やけに長く感じた。

「もう暗くなるから、さっさと帰ったらどうだ。受験生だろ、桐谷は」

「暗くなるのに、女の子ひとりで帰す方が、危《あぶ》ないでしょー」

桐谷くんとお父さんが、目の前で会話をしている。違和感《いわかん》がありすぎて、やっぱり現実味がない。

どうやらお父さんは、生徒の前で私のことを、娘だと紹介《しょうかい》する気はないらしい。教師としての自分と、プライベートをわけたいんだろうか。桐谷くんのいった言葉が正論《せいろん》だったから、お父さんはしぶい顔になった。

「さっさといきなさい」

その声に、お父さんに解放されたことを知って、少しだけホッとした。この場で桐谷くんに、嫌《きら》われて、バイバイされずにすんで。だけどお父さんに、陸南の男の子と歩いているところを、見られたという事実だけは、どうやっても消せなくて、私が家に帰ってから、怒られるという事態に、なにも変わりはない。

ああ、憂鬱《ゆううつ》だ。憂鬱すぎる。

このままどっかに、にげちゃいたい。

なんて思ってるのに、そんな私の胸中《きょうちゅう》なんて、おかまいなしの桐谷くんは、「いこ、すみれちゃん」と、私をうながして歩き始めた。

帰る家が一緒《いっしょ》なのだから、当然お父さんも、うしろを歩いてついてくる。

なにこれ！

なんの構図⁉

彼氏《かれし》と歩くうしろを、お父さんがずっとついてくる、だなんて。

だれにきいても、嫌《いや》すぎるシチュエーションだって、答えると思う。

会話がきこえてたら嫌だから、自然と自転車を押《お》して歩く速度が、速まる。桐谷くんも、先生に後をついてこられて、気まずい思いをしているのは一緒なのか、ふたりで一緒に、サクサクと家の近所までの道のりを、歩いた。いつもと同じ、家のひとつ手前の角まで。

「じゃあね、すみれちゃん。また明日」

桐谷《きりや》くんが、いつもと同じように、『明日』っていってくれたから、ホッとする。

まあ、桐谷くんからしたら、学校の先生に会っただけって感覚なんだから、当たり前だろうけど。少し表情をゆるめてうなずくと、桐谷くんが私《わたし》のそばから、離《はな》れる。ふたりの距離《きょり》があくことを、いつも以上にさびしく感じるのは、私が心細いと思っているせいかもしれない。

のんびりと、きた方向に帰っていく桐谷くんは、お父さんに、「さよなら、センセー」と軽く挨拶《あいさつ》をするほど、余裕《よゆう》だった。

すごいな、桐谷くん。

お父さん怖《こわ》くないのかな。

動じない桐谷くんを、改めてかっこいい、なんて思ってぽーっとしていると、「すみれ」と落ち着いた低い声で、お父さんが私の名前を呼《よ》んだ。あわてて桐谷くんの背中《せなか》を見ると、会話がきこえない程度には離れている。私はゴクリと息を飲んで、「はい」と小さく返事をした。

「家に入りなさい」

お説教の合図だ、と思うと、足がふるえて、にげだしたくなった。

11　不穏《ふおん》

「どういうことだ」

お説教は、現状把握《はあく》から始まった。

いつもなら、リビングダイニングに直行して、そのまま晩御飯《ばんごはん》になるのが、我《わ》が家の日常なのに、今、私はふだん使われていない和室に、正座《せいざ》させられている。お母さんは、ただならぬ空気を察して顔すらださない。

光沢《こうたく》のある木の大きなテーブルを挟《はさ》んで、目の前に座《すわ》るお父さんは厳《きび》しい顔。いきなりどなりつけられたりは、しなかったけれど、状況《じょうきょう》は決して、いいものとはいえない。

「どういうことって……」

「どうしておまえが、うちの生徒と歩いているんだ」

「……」

「アイツと、付き合ってるのか」

気が長い方じゃないお父さんは、いきなり核心《かくしん》へと切りこんできた。

ゴクリと喉《のど》が鳴る。この期《ご》におよんで、私《わたし》はなんとかごまかせないだろうかと、往生際の悪いことを、考えてしまった。だけど、この場をのがれたところで、問題はなにも解決しない。いつかは向き合わなきゃいけないいんだと、自分をふるいたたせて、うなずいた。

お父さんは、自分できいてきたくせに、おどろいた表情をした。

引っこみ思案な私が、男の子と付き合ってること自体、お父さんの中では、予想外だったんだと、初めて気づいた。そして、お父さんが受けているであろうショックを想像すると、娘《むすめ》としては、心が痛《いた》かった。

「やめなさい」

お父さんの口から放たれたひとことに、私の心は凍《こお》りついた。

お父さんはいっさい、私を責めない。陸南生《りくなんせい》に近づくなって約束をやぶったことも、陸南の男の子と内緒《ないしょ》で付き合ってることも。だけどそれらについては、自分に落ち度があると感じていたから、責められても仕方ないと思っていた。

それなのにお父さんは、どういう経緯《けいい》で彼《かれ》と知り合ったのか、どうして私が陸南生の男の子と付き合おうと思ったのか、そういう事情を、全く知ろうともしてくれなかった。

怒《おこ》りながらでも、きいてほしかったし、私も自分の正直な気持ちをぶつけたかったのに。そのことが、とても悲しかった。

涙《なみだ》をこらえると、膝《ひざ》の上でにぎりしめた手が、ぶるぶるとふるえた。口を開けば、感情があふれだして泣いてしまいそうだったけれど、私は時間をかけて、自分を落ち着かせ、呼吸《こきゅう》を整えてから、ようやくふるえる声で、言葉を発した。

「なんで……?」

それしかいえなかった。

だけどその『なんで』には、たくさんの意味がこめられていた。

なんで桐谷《きりや》くんと、付き合っちゃいけないのか。なんで私のいい訳《わけ》を、きこうとしてくれないのか。だけどお父さんが、次に口にした言葉は、私にもっと衝撃《しょうげき》を与《あた》えた。

「桐谷はダメだ。やめなさい」

「き……桐谷くんが、陸南生だから……?」

「ああ、そうだ」

お父さんは、議論《ぎろん》する余地はないとでもいうように、即座《そくざ》に回答した。だけどそんなので、納得《なっとく》なんて、できるわけがない。

「り、陸南生《りくなんせい》だからって、ひとくくりにしないで。私《わたし》も今までは、陸南生は全員不良で怖《こわ》いって思ってたけど、そうじゃなくて、陸南生でもまじめな人もやさしい人もたくさんいて……」

にぎりしめた自分の拳《こぶし》を見つめたまま、涙声《なみだごえ》になりながら、力説した。

だけどそれも、お父さんにバッサリ切られた。

「そんなことはわかっている」

「じゃあ、なんで……！」

勢いよく顔をあげると、ポロッと涙《なみだ》がひと粒《つぶ》、頬《ほお》を伝った。お父さんはハッとしたように目を見開いたけれど、すぐに、もとのきびしい表情にもどって、見ないフリをした。

どうして。

どうしてお父さんは、私の気持ちを知ろうともしないの。

私の目の前にいる人は、だれ？

これじゃ、まるでただの『先生』じゃん……。

くやしい気持ちが、涙となって、ポロポロと瞳《ひとみ》からあふれた。

ずっと、お父さんと戦う勇気なんて、自分にもてるか、自信がなかった。

だけど、現実はもっときびしくて。

どうしよう、桐谷《きりや》くん。私、お父さんに向き合ってすら、もらえないよ……。

涙目のまま、それでもお父さんの次の言葉を、じっとまった。

この先、納得《なっとく》いく答えが、もらえるとも思っていなかったけれど、このまま引きさがるなんて、できるはずもない。

お父さんは、ふーっと大きなため息を吐《つ》いた。目をとじて眉根《まゆね》をよせて、自分の指で、眉間《みけん》のシワをなでる。お父さんが悩《なや》んでいるときのしぐさだ。私をどう、ときふせようか、考えてるんだろうか。

「桐谷は……」

お父さんの口からでる、桐谷くんの名前に、ピリリと緊張《きんちょう》が走る。

「知らないんだろう。すみれが、俺《おれ》の娘《むすめ》だなんて」

「え……」

予想外の方へ話が流れて、一瞬《いっしゅん》ポカンとした。

「知らないんだろう?」

断定的にもう一度きかれて、私はとまどいながらも、うなずいた。

たしかにいってない。いつか、いわなきゃいけないことだとは、思っていたけど、それが桐谷くんと、付き合っちゃダメな理由？

私《わたし》がとまどっていると、お父さんはその先の答えをくれた。

「知ったらすみれとは、もう付き合わないだろう」

「え……」

嫌《きら》われたくないから、いえない事実だったけれど、人からそんな風に断定されるとは思わなくて、頭をなぐられたみたいに、衝撃《しょうげき》で脳《のう》が、ぐわんぐわんと、ゆれている気がした。

「どうして、そう思うの……？」

ふるえる声で、私はそれでもお父さんに、続きをうながしていた。

『学校の先生の娘《むすめ》』だからって、絶対に嫌われるとまでは、悲観していなかったのに。お父さんは、そこまで学校で、嫌われてるんだろうか。お父さんの娘の私と、付き合うのがそんなにはずかしいことなんだろうか。

「去年の夏祭りで、暴力事件を起こしたうちの生徒が、補導《ほどう》されて、退学になった」

「……え」

「彼《かれ》を警察《けいさつ》に引き渡《わた》したのは、お父さんだ」

その話は、桐谷《きりや》くん本人から、きいたことがあった。でもそれは、レントくんの話をしていたときだったはずだ。

「そ……れと、桐谷くんに、なんの関係が……？」

「桐谷が兄みたいにしたってた生徒だ。退学処分《しょぶん》が決まったとき、校内で暴動が起きたほど、人望が厚かった。暴動の主導者は桐谷で、そのとき桐谷は、二週間の停学処分になった」

「え……？」

「おまえは、桐谷のことを、なにも知らない」

いいきられた言葉に、反論《はんろん》の余地はなかった。

だってそれは、私の知らない桐谷くんだったから。

「桐谷も、すみれのことを、なにも知らない」

お父さんは、私をいいくるめたのに、苦々《にがにが》しい表情をしていた。お父さんだって、自分の存在《そんざい》が娘の恋愛《れんあい》に影響《えいきょう》するとは思っていなかったんだろう。

「桐谷は、悪いヤツじゃない。それはお父さんだって、わかっている」

「……」

「だけど桐谷には、もう近づくな」

お父さんはそこまでいうと、話はもう終わり、とでもいうように、テーブルに手をついて、立ちあがった。そして背中《せなか》を向けて、和室をでていくまで、私はずっと、その一連の動作を、ただ見ていた。

涙《なみだ》も引っこんでしまった。ショックが大きすぎて。

頭の中で、不協和音が大きく鳴り響《ひび》いている。その音が邪魔《じゃま》して、考えがうまくまとまらない。

お父さんは、なにがいいたかったんだろう。

桐谷《きりや》くんは、私《わたし》がお父さんの娘《むすめ》だとわかれば、もう付き合ってくれなくなる？

どうして？

桐谷くんはお父さんのことを、怒《おこ》っているの？　うらんでいるの？

お兄さんみたいな存在《そんざい》の先輩《せんぱい》を、退学にさせたから？

でもそれって、お父さんのせいなの？

そこまで考えると、また堰《せき》をきったように、涙があふれだした。

そんなの、お父さんのせいじゃないじゃんって、いえちゃうのは、私が退学になった、『タツオくん』を知らなくて、先生であるお父さんの娘だから……？

陸南《りくなん》と光丘《ひかりおか》、着ている制服がちがうだけじゃない。

私と桐谷くんの間には、深い溝《みぞ》があって、生きてきた立場まで、まるでちがったんだと、思い知らされた。

ドラマみたいに、家をとびだして走ったりは、できなかった。

お父さんは、私を家にとじこめたりは、しなかったけれど、自由を与《あた》えられても、私はどうしたらいいのか、わからなかった。

ただトボトボと二階へあがり、自分の部屋のベッドにもぐりこむ。こんなとき、大好きな人の声がききたいと思うけれど、今はそれもできなかった。桐谷くんの声をきけたとして、なにをいってていいのか、わからない。全てを打ち明ける勇気は、今の私にはなかった。

だけどこのまま、だまって付き合い続けるなんて、できるわけもないし、悩《なや》んだところで、私にのこされたのは、真実を打ち明けるという道しかない。その先に希望がなくても、引き返すことはできない。

だってもう。

こんなに好きになってしまった。

気持ちはなかったことにはできない。

ダメだってわかってても、今更《いまさら》やめるなんて無理だよ、お父さん。

その夜は、幸せだった数時間前までの自分を思いだしては、どうにもならない現実に、むせび泣いた。

次の日の朝、身支度をして一階のリビングへ降《お》りていくと、お父さんが、ダイニングテーブルの椅子《いす》に座《すわ》って、新聞を読んでいた。お母さんは、焼きあがったハムエッグをテーブルへと運んでいる。いつもの光景だ。

私《わたし》が立ちすくんでいると、お父さんが、こちらを見もせずに、「おはよう」といった。

なにもなかったことにするつもりなんだ。

そう思うと、グッとなにかがこみあがったけれど、私も小さく、「おはよう」と返した。

表面上はなにもなかったフリをする大人《おとな》を、『ズルい』と思ったり、追いうちをかけるようなことをいわないお父さんを、『やさしい』と思ったり。どう接してほしいのか、自分でもわからないから、頭の中がグチャグチャだ。変な態度をとれば、心配されると思って、一生懸命《いっしょうけんめい》ふつうにしようと朝食の席についたけれど、どうしても箸《はし》が進まない。ノドのところに、なんか大きなできものでもできたみたいに、食べ物が飲みこみにくい。

お父さんから話をきいてるであろうお母さんも、なにもいわない。いつもと同じフリをできないのは、私だけ。

それって私が子どもだから？

もたもたしている間に、お父さんは食後のコーヒーも飲み終えて、席を立ってしまった。

「すみれ」

お父さんの姿《すがた》がドアの向こうへ消えて、しばらくしてから、お母さんがうしろから、私をやさしく呼《よ》んだ。肩《かた》に手がそっと置かれる。私のうしろに立つ、お母さんの表情は、見えない。私はふりかえることができなかった。

「お父さんは、すみれが傷《きず》つくことが、怖《こわ》いの」

「……うん」

「でもお母さんは、それじゃダメだと思う」

「え……？」

不思議に思って、思わずお母さんを、ふりかえった。

陸南生《りくなんせい》は問題児ばかりだと、お母さんだって、眉《まゆ》をひそめていたはずなのに。

「親だからって、自分の子の目の前にある石を、全部拾ってやることなんて、できない。目の前で転んで、痛《いた》い思いをしてほしくないだなんていうのは、しょせん親のエゴなのよ」

「……お母さん」

「すみれが自分で決めなきゃね。いばらの道でも進むのは、すごいことだけれど、命知らずじゃ、死んじゃうし。どこまで進むかは、すみれが自分の心と相談して決めなくちゃ」

「死んじゃうって、大げさだよ……」

お母さんが、冒険《ぼうけん》ファンタジーみたいにいうから、私《わたし》は少し笑って答えた。

自分の中では、そんなに大げさな話でもないけど。だって恋《こい》を失ったらって思うだけで、死んじゃいそうに、心が痛《いた》い。

学校にいったけれど、ミコちゃんには、相談できなかった。

お父さんが教師だということを、いっていないということもあったけれど、だれに相談したところで、でてくる答えなんて同じだと思ったから。

私だって同じ答えをもう、自分の中で見つけている。

今日も桐谷《きりや》くんと、放課後会うことになる……、と思う。ちゃんと約束したわけじゃないけれど、おたがいの用事がない限りは、学校帰りにあの公園で会って話すのが、日課になっていた。

私は、毎日それを、とても楽しみにしていたのに、今日だけは、胃が重たい。

「ねえ、ミコちゃん。その人のこと、なにも知らないで好きになっちゃうとか……あると思う？」

「は？　なにそれ、ひと目ボレってこと？」

昼休みに、教室の片隅《かたすみ》で机《つくえ》をよせ合って、ミコちゃんとお弁当を広げる。頭の中は桐谷くんのことでいっぱいで、ついそんな質問をしてしまった。

「ひと目ボレ……とはちょっとちがうような」

「ふうん。だれの話？」

「……わかんない」

「なにソレ」

私の不審《ふしん》な態度に、ミコちゃんはいぶかしげにしながら、一応「うーん」と考えてくれた。

「あるんじゃない？　ふつうに」

「えっ、そうなの？」

「だって結婚詐欺《けっこんさぎ》とか、そうでしょ。あと実は、不倫《ふりん》だったとか」

ミコちゃんの答えに、私はガクーッと肩《かた》を落とした。結婚詐欺も不倫も、今の私には、参考にならない。

「嘘《うそ》だよ。ふつうにだって、あるでしょ。私だって、サモンくんのこと、なにも知らないし」

「ミコちゃん……サモンくんのこと好きなの？」

「バ、バッカ、なに、いってんのよ。そんな話、今してないでしょうよ、もう」

私のツッコミに、ミコちゃんは赤くなった両頬《りょうほお》を押《お》さえて、怒《おこ》ったまねをした。

かわいいなミコちゃん。

そうか。ミコちゃんも、なにも知らないサモンくんのこと、好きになったんだ。

自分だけが、特別おかしいんじゃないとわかって、うれしくなる。

なにも知らなくたって、恋《こい》は始まる。その笑顔に、やさしさにふれてからずっと、胸《むね》のドキドキが、止まらない。今、私《わたし》が知ってるのが、本当の桐谷《きりや》くんじゃないとしても……きっと変わらないと思う。

放課後、いつものように美術室で、文化祭用の絵を描《か》いていたけれど、あまりうまくいかなくて早めに切りあげた。仕方ないと自分でも思う。だって昨日描いていたときの、私の気持ちと、今の私とじゃ、カラーが全然ちがう。昨日の続きのつもりで描いていたって、全然ちがう絵になってしまう。

外にでると、朝は晴れていた空が、どんよりとくもっている。よくない流れを暗示しているようで、気持ちがしずみそうになったけれど、関係ないと自分をはげまして、自転車にのった。

傘《かさ》もってきてないし、降《ふ》りださないといいけど。

急いで、いつもの公園まで、自転車をこいだ。

九月も、もう終わりだっていうのに、残暑はまだまだきびしくて、こうしてお日さまがでていないような天気でも、自転車をこいでいれば、額に汗《あせ》がにじむ。息を荒《あら》くしながら、公園までたどりついたころには、空は今にも雨が降りだしそうなほど、暗くなっていた。

公園の端《はし》に自転車を止めて、いつものベンチに腰《こし》をおろした途端《とたん》に、ポツリと雨粒《あめつぶ》が落ちてきた。

ついてない。

ため息をかみ殺して頭上を見あげると、大粒の雨がいくつも落ちてきて、頬《ほお》にあたった。いつも会える時間まで、まだ三十分もあるのに。

夕立ちとはいえないほどの、勢いのない雨だったから、そのままベンチに座《すわ》って、ボーッとしていた。それでも雨粒は確実にふりそそいで、前髪《まえがみ》もぺったりと額にはりついている。とても大好きな人に会えるような格好じゃない。だけどこのまま家に帰る気には、どうしてもなれなかった。

雨……、止まないかなあ。

今日だけは会いたいと思うときにかぎって、邪魔《じゃま》してくるなんてひどいよ。

天候にそんなやつあたりをしたくなる。下を向いて、前髪からしたたる水滴《すいてき》を、ひたすら見つめていた。雨が止んでくれないかぎり、桐谷くんも公園までこないで、家に帰ってしまうだろう。

雨の音をききながら、考え事をしていたから、足音なんて、全然気づかなかった。視界《しかい》の端《はし》に突然《とつぜん》、白のくたびれたスニーカーが、うつりこんだ。それが桐谷《きりや》くんの靴《くつ》じゃないことは、すぐにわかった。

だれだろうと顔をあげると、そこにはビニール傘《がさ》をさしたレントくんが、不思議そうな顔をして立っていた。

「すみれじゃん。なにやってんの?」

「あ……」

思わず言葉を失ってしまう。

『タツオくん』のことで、我《われ》を忘《わす》れてケンカしにいっちゃうレントくん。

レントくんも私《わたし》のことを知ったら、こんなふうに声をかけてくれることは、ないのかもしれない。私はレントくんも、だましてることになるんだろうか。そう思ってしまったら、罪悪感で彼《かれ》の目を見ることができなくなった。不自然に視線《しせん》をそらした私に、レントくんは、もう一度、

「なにやってんの?」ときいた。

今度は、さっきよりも若干《じゃっかん》強い口調で。

「えっと……。ちょっと考え事を……」

「ふーん」

「レ、レントくんは？」

「俺《おれ》は、水買いに」

レントくんはベンチのすぐ前にある自販機《じはんき》を指さした。私服《しふく》だし、この間もジュースを買いにきていたから、レントくんは日常的に、この自販機を利用しているのかもしれない。そのままレントくんは私に背《せ》を向けると、自販機にいってしまった。

ガシャン、ガシャンと、飲み物がとりだし口に落ちる音を、私はただきいていた。そのままレントくんは、公園の出口へもどっていくのかなと思って見ていると、彼はもう一度私の方にきて
「立って」といった。よく意味がわからないまま、いわれた通りに立ちあがる。

「タクのこと、待ってんだろ？」

「……うん」

「アイツ、まだ帰ってこないぞ」

「……うん」

「いくぞ」

「……え？」

わかってるけれど待ってるなんて、いえない私をどう思ったのか、レントくんはそれだけいってスタスタと公園をでていってしまう。私《わたし》はあわてて、そのあとを追いかけた。

「ま、待って。私ここで……」

「ぬれてんじゃん」

桐谷《きりや》くんの家を横目に、レントくんは細い路地を奥《おく》へと入っていく。

「ど、どこにいくの⁉」

「俺《おれ》んち」

大体予想はしていたけれど、実際その通りの答えが返ってくると、やっぱりあせる。レントくんは、雨宿りをさせてくれようとしているのだ。

だけど私は、すでにぬれちゃってるし、レントくんは全く知らない人じゃないとはいえ、それでも、男の子の家にあがるなんて、抵抗《ていこう》がある。

「わ、私、もうぬれちゃってるから、公園でだいじょうぶだから……」

レントくんは、そんな私をふりかえって、いちべつしたあと、もっていた二本のペットボトルを、自分の脇《わき》に抱《かか》え、あいた手で、私の腕《うで》をつかんで歩きだした。いつかもこうして、腕を引いてもらった。これがレントくんのやさしさだってことは、もう私にもわかってる。

レントくんがもっている傘《かさ》は、うしろにかたむけられている。私を傘に入れてくれようとしているんだろうけど、私達は密着《みっちゃく》しているわけではないので、結局ふたりともがぬれている構図だ。

レントくんは、やさしい。だからこそとまどう。レントくんは、私が単に遠慮《えんりょ》しているだけだと思ってるのだ。どういっていいのかわからない。

『私は、タツオくんを警察《けいさつ》に引き渡《わた》した、岩本《いわもと》先生の娘《むすめ》だから、離《はな》してください』――?

そんな突拍子《とっぴょうし》もないこと、いいだせないし、やっぱり話すのなら、桐谷くんに一番に話したい。

結局私は、レントくんのうしろで、腕を引かれたまま、口をパクパクしていただけだったので、あっという間にレントくんの家の玄関《げんかん》まで、ついてしまった。

玄関に入ると、レントくんは傘をたたんで、すみに放り投げ、犬みたいにプルプルと頭をふって、水滴《すいてき》をとばした。

12 加速

レントくんの家は、ふつうの一軒家《いっけんや》だった。

玄関《げんかん》に入ると、桐谷《きりや》くんの家ともちがう、独特の『他人の家』の匂《にお》いがする。

「あがれば？」

レントくんはもう私《わたし》の腕《うで》を離《はな》していて、さっさと靴《くつ》をぬいで、廊下《ろうか》を歩いていってしまった。

「え」

私はここまできて、まだ家にあがることを、ためらっていたのだけど、このままレントくんの姿《すがた》が見えなくなってしまったら、心細いと思って、あわてて靴をぬぐと、小走りにレントくんのうしろ姿を、追いかけた。

奥《おく》にはすぐに階段《かいだん》があって、レントくんは二階へとあがっていく。階段をあがってすぐに、両側にドアがあって、レントくんは右側のドアをあけて、中へ入った。そこがレントくんの部屋なんだろう。

レントくんは、私の存在《そんざい》なんて空気かのように、私に背《せ》を向けたまま、クローゼットをあけて、なにかさがしている。そっと部屋をのぞいてみると、雑誌《ざっし》や漫画《まんが》がちらばっていて、ベッドの脇《わき》にはギターが立てかけてあった。

レントくん、ギターひけるんだ……。

そんなことに気をとられて、ボーッとしていたら、私の顔に向かって、レントくんが服を投げつけてきた。

「ぶっ……、な、なに……⁉」

「服。制服、かわかしてきてやるよ」

「い、いい！　いいです！」

思わぬ申し出に、ビックリしてあとずさる。まさかこんなところで、着替《きが》えまで借りるわけにはいかない。

「びしょぬれじゃん。そんな格好で座《すわ》るなよ」

「あ……そ、そうだよね。ていうか！　私の家ここから近いから、家に帰った方が早いし！」

「じゃあなんで、あそこにいたワケ？」

「えっ……」

「家すぐなんだろ？　家に帰ってりゃ、よかったじゃん」

私《わたし》は答えられずに、だまってしまった。レントくんはするどい。

「家に帰りたくない理由が、あったんじゃねえの？」

「……」

だけどそれは、今の私を見てれば、だれもが考えつくような、簡単《かんたん》な推理《すいり》かもしれない。

「俺《おれ》がもどってくるまでに、着替《きが》えてろよ」

レントくんはそういい残すと、部屋をでて、階段《かいだん》を降《お》りていってしまった。私はしばらくその場に立ちつくしていた。

結局私は、レントくんのトレーナーを借りて、レントくんの部屋じゃなくて、玄関《げんかん》でまたせてもらった。レントくんは、「好きにすれば」と私の存在《そんざい》に、興味がないようだった。

そろそろかわいいたんじゃないかな……、と思うタイミングで、スマホが着信を告げた。相手は桐谷《きりや》くんだった。

「もしもし」

『すみれちゃん？　今、家？』

「ち、ちがう……」

『もしかして公園で待ってる？　今からいくから』

「あ、あのね。公園じゃないの。制服がぬれちゃったから、今かわかしてて……。も、もうかわいたと思うから、着替えていくから、もう少し待ってて……」

『は？　かわかすってどこで？』

「コインランドリー……」

『すみれちゃん、今どこにいるの？』

「レントくんの家……」

会話をしながら、桐谷くんの声に不審《ふしん》の色が濃《こ》くなっていくのがわかって、私は不安に思いながらも、正直に今いる場所を告げた。そしたら電話は、唐突《とうとつ》にきれてしまった。

顔を見て話したいと思っていたのは、なにも桐谷くんを怒《おこ》らせるためじゃないのに。玄関に座《すわ》ったまま、頭を抱えていると「タク、帰ってきたって？」とレントくんが、階段をおりながら、声をかけてきた。

「う、うん。ありがとう。私、もういくね……。この服、洗《あら》って返すから」

「あー、べつに洗濯機《せんたくき》に、つっこんどきゃいいだろ。ぬいだら、タクに渡《わた》しといて」

「でも……」

そんな押《お》し問答をしていると、玄関《げんかん》の扉《とびら》が、ガチャリとあいた。

一瞬《いっしゅん》、レントくんのお母さんでも帰ってきたのかと思って、緊張《きんちょう》したけれど、姿《すがた》を現したのは、制服姿《せいふくすがた》の桐谷《きりや》くんだった。

「あ……」

「帰るよ。すみれちゃん」

そういうと桐谷くんは、座《すわ》りこんでいる私《わたし》の腕《うで》をつかんで、勢いよく引いた。

外にでると、もう雨は止んでいた。だけど空は、どんよりとくもったままだ。そんな重たい空を見ながら、私は桐谷くんに手を引かれて、小道を通りまで歩いた。

通りにでると、目の前には公園がある。雨にぬれて、しずくを落としている木の下に、私の自転車が、ポツンと置かれているのが見えた。

あとちょっと待ってれば雨、やんだのになあ……。

そんなことを考えながらも、私の腕はグイグイと引かれて、公園の前を通りすぎ、あっという間に、桐谷くんの家へとついていてしまった。

無言のままだった桐谷くんも、さすがに玄関まで入ったときには、「靴《くつ》、ぬいで」と手を離《はな》した。今さらにげるなんて選択肢《せんたくし》もないので、おとなしく靴をぬいで、「おじゃまします」といっ

て、家にあがらせてもらった。

桐谷《きりや》くんの部屋に入ると、桐谷くんは私《わたし》に座《すわ》るようにうながし、自分はそのままクローゼットをあけて、中をあさりだした。

あれ、これってさっきのレントくんと、同じ構図だ……。

そんなことを考えていると、桐谷くんはくるりと、こちらに向きを変えた。手には本当にさっきのレントくんと同じ、トレーナーをもっている。だけど桐谷くんは、レントくんとちがって、私にそれを投げつけてきたりはしなかった。もったまま私の前まで歩いてきて、私を見おろすと、

「ぬいで」とひとこといった。

「え?」

ききちがいかなあ、なんて自分に都合の良い方に考えて、愛想笑《あいそわら》いでかたまると、桐谷くんは中腰《ちゅうごし》になって、座っている私のトレーナーの裾《すそ》を両手でつかんだ。そのまま一気に引きあげられると、おどろいて抵抗《ていこう》する間もなく、私の腕《うで》は『バンザイ』の形になって、両腕からスポッとトレーナーがぬけた。

「きゃあっ」

反射的《はんしゃてき》に声をあげるのと同時に、今度は頭からスポッと、別のトレーナーをかぶせられる。

はずかしいと思う間もない一瞬《いっしゅん》のできごとに、頭がついていかないでいると、そのまま桐谷くんが、トレーナーの上から、私に抱《だ》きついてきた。

「え……」

今度こそ、心臓《しんぞう》が止まるかと思った。

だって私の顔のすぐ横にあるのは、桐谷くんの首筋《くびすじ》で、意外に色が白いことや、近くで見ても肌《はだ》がすべすべだってことが、わかるぐらい近い。やわらかいねこっ毛が、私の髪《かみ》にふれている。

そして身体《からだ》を拘束《こうそく》する力強い感触《かんしょく》。細身に見えても、しっかり男の子なんだとわかる。

お父さん以外の男の人に、こんなに近づいたのは、初めてだった。

「桐谷くん……?」

心臓がバクバクいっている。こんなにくっついていたら、きっと桐谷くんにも伝わってしまう。私の方は、自分の心臓の鼓動《こどう》がうるさすぎて、桐谷くんのものなのか、自分のものなのかすら、わからないけれど。

「なんで……?」

息を吐《は》きだすようにいった、桐谷くんの言葉の意味がわからなくて、心臓がざわざわした。昨日、お父さんからあんな話をきいたあとだったから。だけど桐谷くんの続けた言葉は、私の予想とはちがうものだった。

「なんでレントなの……？」

「え？」

「なんでぬれたすみれちゃんに、服を貸すのが俺《おれ》じゃなくて、レントなの……？」

「え……」

「桐谷《きりや》くん……。レントくんとは公園で、偶然《ぐうぜん》会っただけなの。その……、傘《かさ》を忘《わす》れちゃって、制服がぬれちゃってて」

いつもおだやかな桐谷くんの、感情的なところを見ると、とまどう。

だけど同じくらいうれしいと思う。桐谷くんがそう思ってくれたことが、うれしい。

「心配かけてごめんなさい……」

「俺って、そんなにたよりにならない？」

「え？」

「俺だけ見てることは、できない？」

「……どうして？」

見てる。私《わたし》は桐谷くんだけを見てる。

私がしたことは、そんなに桐谷くんを不安にさせることだったのだろうか。

私から桐谷くんの顔は見えない。ただオフホワイトの壁紙《かべがみ》が、視界《しかい》に広がっているだけだ。

「すみれちゃん、なにかあった？」

「……え」

突然《とつぜん》、ふみこまれたのは、私が最もふれられたくない場所だった。

桐谷くんには正直に話すしかない、そう決めていたのに。こんなふうに、桐谷くんの声を耳元できいて、体温を感じてしまったら。好きだって気持ちだけが、どんどん加速していっちゃうよ……。

この温もりをどうしても失いたくないと思う欲《よく》が私の決心をにぶらせる。

「……で」

「え？」

「本当の私を知っても……嫌《きら》いにならないで……」

お願い。涙《なみだ》が勝手にこぼれてくる。

口にしても意味のない言葉を、私はそれでも必死につむいでいた。

嫌われたくない。好きだから、嫌われたくないよ。

桐谷《きりや》くんからしたら、なにいってんだコイツって、感じだと思う。

それなのに、桐谷くんは動揺《どうよう》を見せなかった。代わりにギュッと、力をこめて私《わたし》を抱《だ》きしめ直す。痛《いた》いくらいだ。

「それ、俺《おれ》のセリフかも……」

耳元で、熱い息と共に、吐《は》きだされるそのセリフに、私の方が、意味がわからなくなった。

「本当の俺を知ったら、すみれちゃんは俺のこと、嫌《きら》いになるかもしれない」

「え……」

言葉を失ってしまう。

それはどういう、意味……なの……？

私達はしばらくおたがいに言葉を発することもなく、その場から動くこともできなかった。

ただどちらのものかわからない速い鼓動《こどう》だけが、おたがいの身体《からだ》に、うるさく響《ひび》いていた。

先に口を開いたのは、桐谷くんだった。

「学祭のさ……」

「え……？」

「準備、進んでる？」

「う、うん……」

突如《とつじょ》、きりかえられた話題に、とまどいながら返事をした。

それと同じくして桐谷くんが、ゆっくりと私の身体にまわした、腕《うで》の力をゆるめる。

身体が自由になるのを感じるのと同時に、心もとない不安が身体中をめぐる。私はうつむいて、床《ゆか》に敷《し》かれたラグマットを見つめながら、さっき桐谷くんがいったことの意味を、ずっと考えていた。

「見にいっても、いいんだっけ?」

「え、うん」

それはこの間した話のはずだ。私は疑問《ぎもん》に思いながらもうなずいた。

「学祭が終わったら、フォークダンスとか、あるの?」

「フォークダンスっていうか……。みんなで輪になって踊《おど》る、マイムマイムとかだから、あんまりみんな参加してないよ……」

「そっか」

「うん」

「文化祭、いくから」

「……うん」

「文化祭終わったら、話がある」

心臓《しんぞう》をわしづかみにされたような衝撃《しょうげき》を受けて、はじかれたように顔をあげると、困《こま》ったようにほほえむ桐谷《きりや》くんと、目が合った。

それから桐谷くんが、私《わたし》の制服をコインランドリーからとってきてくれて、私は着替《きが》えて家に帰った。

レントくんのトレーナーは、洗《あら》って返そうと思ったけれど、桐谷くんが、「俺《おれ》が返す」とゆずらなかったから、置いていった。

もちろん桐谷くんの服も、没収《ぼっしゅう》されてしまった。男の子の服なんてもって帰ってきたら、親に追及《ついきゅう》されるだろうから、実際は助かったのだけれど。

雨あがりの水たまりが、キラキラと光っている。

いつの間にか太陽がまた、顔をだしていた。

自転車を押《お》して並《なら》んで歩く私達の口数は、たぶんいつもよりも少ない。

おたがいに、おたがいがいったことを、考えているせいだろう。

「あ、虹《にじ》」

空の片隅《かたすみ》にかすれるほどにうすく、虹のふもとだけが見えていた。

アーチすら描《えが》いていない、たよりない虹だったけれど、ひさしぶりに見たそれは、大好きな人の隣《となり》だったせいか、やけに心に染《し》みた。

13 再会

「今さら、文化祭に展示《てんじ》する絵を変えたい⁉　岩本《いわもと》さん、今から描《か》く気？　もう二週間もないのよ？」

次の日の放課後、私《わたし》は美術部の顧問《こもん》に、文化祭に展示する絵を変えたいと申しでた。

「今さら変える理由はないでしょう？　絵が気に入らなかったの？」

「そうじゃなくて……。どうしても描きたい絵ができたんです。お願いします。当日までに、必ず仕上げます」

「岩本さんがそういうなら……。絶対ダメとはいわないけど」

私らしくない熱弁に、先生がとまどいながらも、了承《りょうしょう》してくれる。私は、「ありがとうございます！」と頭をさげた。

昨日見た虹《にじ》が忘《わす》れられなくて……。正確には虹を見ている、少し切ない桐谷《きりや》くんの横顔が忘れられなくて。あのはかなくて綺麗《きれい》な彩《いろど》りを、自分の筆で表現したいと思った。そこに桐谷くんへの想いをこめて。

文化祭には、きっと両親もくる。私はお父さんにも見てほしいと思った。

虹の絵を見たからって、お父さんからしたら、なんだって感じかもしれないけど、私の想いをそこにのせられたらと、思った。

それから私は、毎日放課後にのこって絵を描《か》いた。桐谷くんにはメールで、『文化祭に飾《かざ》る絵を仕上げたいから、しばらく放課後は会えない』と伝えた。避《さ》けてるって思われたら、どうしようって不安もあったけれど、桐谷くんは、『がんばれ』と返してくれた。

かぎりある時間だとしたら、もっと会いたいという気持ちも、もちろんあったけど、それよりも今は、自分の中の気持ちを、大切に見つめて、育てたかった。

あの日見た虹と、桐谷くんの横顔を、何度も頭の中で再生した。もちろん桐谷くんを、絵の中に入れるわけにはいかないから、頭の中の桐谷くんには、イメージとして手伝ってもらうだけだ。

何枚《なんまい》も何枚も下描きをくりかえしたけれど、気に入らなくて、私は家に帰ってからも、ずっと部屋に引きこもってスケッチブックを広げていた。

そうして、ようやく下塗《したぬ》りの段階《だんかい》に入ったときには、文化祭まで一週間をきっていた。

思う色がだせるかな……。不安に思いつつ、水彩《すいさい》絵の具の箱をあけると、ちょうど空色がのこりすくなくなっていることに気づいた。

そういえば、買っておこうと思っていたんだった。最初に描《か》いた絵は、もう完成間近だったから、この色は必要なくて、すっかり忘《わす》れていた。

最初からたりない色があると思うと、気が散るから、その日は部活を切りあげて、画材屋さんへいくことにした。

電車にのって二駅、駅から十分ほど歩くと、小道にひっそりとある画材屋さん。大きくはないけれど品ぞろえが豊富で、滅多《めった》に置いていないようなマイナーな道具まで、さまざまなものが置いてある。無口なおじさんが店主だけれど、きっとおじさんが絵を描く人に違《ちが》いない。画材屋さん特有の匂《にお》いをかぐと落ち着く。静かで、孤独《こどく》な深い海の底みたいなんだけど、どこか温かいような、不思議な感覚におちいる。

けれど、いつまでも店に長居するわけにもいかないから、会計をすませて店をでる。まだ外は明るい時間だ。

駅の入り口が見えてきたときに、そういえば前にここで、ジュリちゃんに会ったことを、思いだした。そのときにいわれた言葉も。

桐谷くんはやさしいから、すぐに付き合ってくれる。それから私《わたし》が特別だとも。あのときに感じた違和感《いわかん》を思いだすと、足がにぶった。

そして気がつけば、私の目線は駅のあちこちへ向いて、無意識にジュリちゃんをさがしていた。チェックのプリーツスカートの制服姿《せいふくすがた》の女子高生は、あちらこちらにいるけれど、今日はその中に、ジュリちゃんの姿《すがた》を見つけることはなかった。

バイトしてるっていってたもんね。そんなに都合よく会えるわけじゃないし、会ったところで私は、ジュリちゃんになにをいうつもりなんだろう。

ため息をひとつ吐《つ》いて、私はロータリーを通りすぎ、駅の構内へと入っていった。

入ってすぐのところにあるカフェの前を、なにげなく通りすぎようとしたときに、私はそこに見知った顔を見つけて、足をとめてしまった。

トレイにパフェをのせて運んでいるのは、今さっき顔を思いうかべていたばかりの、ジュリちゃんだった。

バイトって、駅の構内でしてたんだ……。

私がじっと店内を見つめていたからか、ジュリちゃんが視線《しせん》に気づいてこちらを見た。ガラス越《ご》しに目が合うと、最初はだれだかわからない様子だったジュリちゃんが、私のことを思いだしたのか、ニコッと笑って手をふった。

ドキッとしたけれど、足はその場から動かなかった。私《わたし》が曖昧《あいまい》な笑顔を返すと、ジュリちゃんは店内からでてきてくれた。モカベージュのエプロン姿《すがた》がかわいかったけれど、今の私の脳《のう》内《ない》は、それどころじゃなかった。

「すみれちゃん？　だよねー。また会ったね！」

「こ、こんにちは」

「入るー？　なんかサービスしてあげよっか」

いいながらジュリちゃんが店内にもどっていくから、つられて入ってしまった。カフェにひとりで入ったことなんてないのに。

ドギマギしていると、ジュリちゃんは私をテーブルに座《すわ》らせて、カウンターの奥《おく》へと入っていってしまった。

店内には、高校生の女の子グループと、サラリーマンがチラホラといる。

メニュー表をながめているうちに、ジュリちゃんが水とおしぼりを運んできた。

「すみれちゃん、パフェ食べる？　もりもりにしてあげる！」

「えっ」

こっそり耳打ちするジュリちゃんに、とまどっているうちに、ジュリちゃんは、「待っててね

〜」といい残して、またテーブルを離《はな》れていってしまった。

ジュリちゃんが作ってくれたパフェは、ホントに生クリームがもりもりだった。本当ならば、ひとつかざってあるだけだろうチョコクッキーも、ザクザクとアイスの上に刺《さ》さっている。ジュリちゃんは器からこぼれ落ちそうなパフェを、器用に運んできて、私の目の前に置いた。

「はいっ。見てこれ、すごくなーい？」

「う、うん。すごい……」

「えへへー。今日のは自信作だよ！　食べて食べて」

「いただきます……」

圧倒《あっとう》されながらも、スプーンで生クリームをすくって、口に運ぶ。ジュリちゃんは、テーブルの脇《わき》に立って、ニコニコとその様子を眺《なが》めていた。

「あの……」

「すみれちゃん、まだタクと付き合ってるの？」

「付き合ってます……」

「ふうん。タクやさしいもんね」

ジュリちゃんのいい方には、やっぱりとげがあるように感じて、私は、ジュリちゃんの顔を見ることが、できなかった。

「あの……」

「ん？　なにどしたの？」

「私《わたし》が特別ってどういう……」

「特別？　なにがー？」

それなのに私は気がつけば、ずっと引っかかっていたジュリちゃんのあのときの言葉を、問いただしてしまっていた。

禁断の部屋に、一歩ずつふみこんでいくような感覚。心のどこかで、やめておけと引き止める自分がいたけれど、私の足は止まらなかった。

「私が特別だから、桐谷《きりや》くんにはフラれないって……」

「ああ」

ジュリちゃんは私が説明するまで、自分のいったことなんて忘《わす》れていたようだった。けれど、すぐに思いだしたというように、うなずく。

「だって、すみれちゃんって、センセーの娘《むすめ》なんでしょ？　陸南《りくなん》の」

「え……」

心臓《しんぞう》をつかみあげられたのかと思った。まさか一、二回顔を合わせただけのジュリちゃんが、私の『秘密《ひみつ》』を知っているだなんて、夢にも思わなかった。だから頭がまっ白になってしまった。

「陸南の子らで、すみれちゃんオトせって、タクのことけしかけてたし、タクにやさしくされたら、だれだって好きになっちゃうよね」

「え……」

頭がまっ白になったところで、崖《がけ》からつき落とされた感じ。ひゅーって冷たい空気をきって、谷底へと落ちて、ベシャッてつぶれたのかと思った。

「だけどタクってやさしいからさ」

「……」

「ジュリも付き合ってもらったけど、一度も好きって、いってもらってないんだよねえ。そういうとこ、嘘《うそ》つけないみたい」

「え……?」

突然《とつぜん》ジュリちゃんの話になったから、思わず顔をあげて、テーブルの横に立っているジュリちゃんの顔を見る。ジュリちゃんの顔が、私をあわれむように、ほほえんで見えたのは、私の被害《ひがい》妄想《もうそう》だろうか。

「すみれちゃんは、タクに好きっていってもらった？」

「……」

耳元でドクドクと鳴る鼓動《こどう》がうるさくて、息が苦しくて、勝手に目の中に涙《なみだ》がたまってくる。

やさしい桐谷《きりや》くん。嘘《うそ》がつけない桐谷くん。

気がつけば私《わたし》は、フラフラと家の最寄駅で、電車を降《お》りていた。突然帰るといいだした私のことを、ジュリちゃんは、引きとめたりしなかった。

「ショックなこといってごめんね？　だけどさっさと離《はな》れた方が、すみれちゃんのためにも、タクのためにもいいと思うよ？」

レジを打ちながら、申し訳《わけ》なさそうに、そういってくれたジュリちゃんの言葉に、嘘はないと思う。ジュリちゃんのいう桐谷くんが真実だとしたら、ジュリちゃんがいっていることは、正しい。そして、今までの桐谷くんの態度のなにもかもが、思い返すと、ジュリちゃんの言葉の真実味をましてくる。

桐谷くんに「好き」っていってもらったことなんてない。付き合えたって事実だけで、舞《ま》いあがって、そんなところまで頭がまわらなかった。

それが桐谷《きりや》くんのやさしさ……？

『タクにやさしくされたら、だれだって好きになっちゃうよね』

私は桐谷くんみたいな素敵な男の子にやさしくされて、舞いあがってただけ……？

自転車を押《お》しながらトボトボと歩いて、桐谷くんの家のガレージが見えるところまでくると、我慢《がまん》していた涙《なみだ》がこみあがってきた。

涙の粒《つぶ》が、アスファルトの上に落ちる。

初めて桐谷くんと歩いた日。合コンの後で追いかけてきてくれた日。一緒《いっしょ》に歩いた夏祭りの夜。少ない期間でも、思い出は数えきれないほどある。

「好き」っていわれてないし、キスとかだってしたことない、進んでる子達から見たら、本当に付き合ってるのかって疑《うたが》われてもおかしくないような、子どもじみた関係。

それでも私は……。

「うぅ～……」

後から後から涙が頬《ほお》を伝う。天をあおいでも、瞳《ひとみ》からこぼれ落ちる水滴《すいてき》を止められない。

照れ笑いや、少し強引なところ、困《こま》った笑顔も全部、全部。桐谷くんのことが、好きだよ……。

嗚咽《おえつ》がもれないように、唇《くちびる》をギュッとかみしめる。

こんな顔で家になんか帰れない。公園で泣いてたら、桐谷くんに見つかっちゃうかもしれない。

私《わたし》はとっさに、レントくんの家に通じる小道へと、自転車を押《お》して入り、大通りから身をかくした。

自転車を止めて、塀《へい》を背《せ》にして、ズルズルとしゃがみこむ。

ハンカチを目がしらに押しつけて涙《なみだ》を止めようとしたけれど、あふれる涙は、止まってはくれなかった。

どうしよう。こんなところに、いつまでもいるわけには、いかない。そう思い直して、よろよろと立ちあがるのと、「うおっ」と声がきこえたのが、ほぼ同時だった。

反射的《はんしゃてき》に声のした方を見ると、そこには制服姿《せいふくすがた》のレントくんがいて、大通りから小道に入ったところに、私がしゃがんでいたから、おどろいたみたいだった。

「こんなとこでなにしてんだよ……。つーかすみれ、泣いてんの？」

できれば見ないフリをしてほしい涙も、レントくんはすぐに指摘《してき》してくる。

私はずずっと鼻をすって、ハンカチを鼻にあてたまま、頭をふった。

「タクに泣かされたとか？」

レントくんは、そんなはずないってわかってるからか、からかうような口調できいてくる。

私はもう一度、頭をふった。

「ふーん。じゃ、タクんちいってみれば。今、一緒に帰ってきたから」

レントくんの言葉にドキリとする。今桐谷くんに会っても、自分がどうしたいのか、答えがでていない。

真実をたしかめる？　たしかめてそのあとは？

『すみれちゃん、被害者《ひがいしゃ》なんだから、怒《おこ》ってもいいと思うよー？』

別れ際、ジュリちゃんにいわれたひとことが、頭に響《ひび》く。

私が怒る……？　桐谷くんに？

「レントくん……」

ゴクリと喉《のど》が鳴った。レントくんが知ってるかわからないのに、だけど今の私は、それをたしかめずには、いられなかった。

「私のお父さんが、先生だって……知ってた……？」

ふるえる声で、必死でかくしてきた『秘密《ひみつ》』を、初めて口にする。

だけどレントくんの返事は、私の覚悟《かくご》なんて、まるで意味のないペラペラの紙の防壁《ぼうへき》だったかのように、ひょいと簡単《かんたん》に、私のもとへと、とびこんできた。

「なに、今さら？　知ってたけど」

「……そう」

頭の上に、さらにズガンと、重石《おもし》がのせられたようだ。今まで、必死でかくせていると思いこんでたのは、私《わたし》ひとりだったんだな。

「桐谷《きりや》くんも……知ってたんだよね……？」

「あー、だって俺《おれ》、タクからきいた気がする。岩ヤンの娘《むすめ》と知り合ったたって」

ブルブルと身体《からだ》がふるえてきたから、あわてて足に力を入れて、自転車のハンドルをもった。

やっぱりそうなんだと思うと、目の前が暗くなる錯覚《さっかく》におちいって、私はフラフラと、その場を立ち去るために、自転車を動かした。

「すみれ」

レントくんが、うしろから声をかけてくれたことに、気づいていたけど、無視《むし》して自転車にまたがった。勢いよく自転車をこいで向かった先は、結局だれの家でもなく、以前絵を描《か》いていた丘《おか》だった。いつもなら自転車を押《お》して歩く坂道を、ぐんぐんこいでのぼっていく。足がダルくなって、息が切れてきたけれど、それでも夢中で頂上《ちょうじょう》めざしてのぼった。

もしかしたら桐谷くんの話って、このことだったのかもしれない。桐谷くんはやさしいから、こんな関係もう止めた方がいいって、いおうとしていたのかもしれない。

「はあ……っ、はあ……」

額を汗《あせ》が流れる。

私がいおうとしていたことと、桐谷くんがいおうとしていたことは、百八十度ちがっていたのかもしれなかったんだと、このとき私は、ようやく気づいた。

14 嘘《うそ》と本当

彼女《かのじょ》との出会いは、本当に偶然《ぐうぜん》だった。

学校からの帰り道、自転車のチェーンがはずれて、困《こま》っていた子がいたから、直してあげた。

俺《おれ》の家はバイクの修理工場をやっていて、自転車の修理もうけおっていたから、チェーンぐらいなら、はずれても工具なしで、もどせることを経験から知っていたから。ふつうの女の子じゃ、直せないこともわかっていたし、単なる親切心のつもりだった。

お礼をしたいから住所を教えてほしいという彼女に、それなら連絡先を教えてよといったのも、なにもナンパしようと思ったわけじゃなく、流れできいただけ。だけど自分の連絡先を教えようとしない彼女に、あれ？　と思ったのはたしかだった。

その女の子の名前は、「すみれちゃん」。彼女の名前だけを、頭にインプットして、その場は別れた。すみれちゃんは、メールをくれるといったから、それをうのみにしていたというのもあるし、そのままメールがなかったとしても、忘《わす》れていたと思う。すみれちゃんの名前がでてきたのは、意外なところからだった。

「岩ヤンって、俺らの二コ下の娘《むすめ》がいるらしー。しかも光丘《ひかりおか》」

そういいだしたのは、ジュンペイだったか。

昔から友達は多い方で、中学の仲間、クラスの仲間、部活の仲間ぐらいのグループ分けで、それぞれ十人以上はいる。ジュンペイは中学から同じ高校にあがってきた、なじみだった。

「岩ヤンと光丘って合わねえよな。似てたらゴリラじゃん」

そういって笑ったのはマサル。

マサルはジュンペイと同じクラスのツレで、その意見には、俺も笑ってうなずいていた。

「なあ、顔見たくない？　見にいかねえ？」

「わざわざ光丘に？　おまえどんだけひまだよ」

「光丘ってかわいい子多くねえ？　いってみたいじゃん」

そういえばこの間、光丘の子の自転車直してあげたっけ……と、俺はだまったまま記憶《きおく》の糸をたぐっていた。

「だって、どうやってさがすんだよ。岩ヤンそっくりなＪＫ《ジェーケー》さがせってか？　それ俺らにとって、なにかメリットあんの？」

その場には、幼《おさな》なじみのレントやナオなんかの血の気《け》の多いヤツらもいて、「岩ヤンの娘《むすめ》ならさらっちゃえば」なんて、物騒《ぶっそう》な冗談《じょうだん》を口にしてる。

「そんなの、タツオくんに殺されるだろ」

俺《おれ》がため息まじりにナオをいさめると、ナオは「たしかに」と、ぶるぶるっと肩《かた》をふるわせてみせたけれど、その顔は明らかに笑っている。

「タクは、ボコボコにされたもんな」

そういって笑い合う、ナオとジュンペイに、俺は「うるせー」と嫌《いや》な顔をして、その場を後にした。

実際、タツオくんの望まない報復を試みて、ボコボコにされた張本人の俺がいっても、説得力がないらしい。

喧嘩《けんか》のルールも知らず、あばれることの意味もわからず、ガキだった俺は、タツオくんを退学処分《しょぶん》にした元凶《げんきょう》の教師に、暴力で報復しようとした。そんなのは復讐《ふくしゅう》の意味をはきちがえている最もおろかな行動だと、拳《こぶし》をもって俺に教えたのは、他でもないタツオくんだった。

岩ヤンこと岩本重弘《いわもとしげひろ》は俺の学校の生活指導を担当している。国語教師とは思えない、イカついガタイの大男だ。

通ってる自分がいうのもなんだが、俺の学校の生徒は、素行《そこう》が悪いやつが多いことで有名。タツオくんやレントなんかがいい例で、なんか問題を起こしちゃ、停学処分になってるやつもめずらしくない。

俺はといえば、ガキの頃《ころ》から要領だけはいい方で、大人《おとな》ウケもいい子どもだったから、そういうヤツらとなかよくしつつも、自分には処分とか、無縁《むえん》の世界だと思っていた。

——あの事件が起こるまでは。

タツオくんが好きだった。小学校のころから、俺らの一歩上をいってる感じで、大人を恐《おそ》れずに、次々《つぎつぎ》と悪くて楽しい遊びを思いついては、実行に移すタツオくんは、いわば神だった。

めちゃめちゃかっけー。

そんな小学生時代を、そのまま引きずって成長した俺らにとって、タツオくんが橋から川に投げこまれるなんて、あってはならない屈辱《くつじょく》だった。

しかも俺らの感覚では、完全被害者《ひがいしゃ》だったタツオくんが退学とか。ナメすぎだろ、陸南《りくなん》教師。

特に岩本、おまえだよ。おまえが教師ヅラして、祭りまでしゃしゃりでてくるなんてまねしなけりゃ、タツオくんの人生に傷《きず》つかずにすんだのに。

そのときの俺はショックで動揺《どうよう》して、そんなひとりよがりな思考しかもてなかった。

頭に血がのぼって、あとのことなんか考えられなくて、集められるだけ仲間を集めて、校内で岩ヤンを奇襲《きしゅう》した。

今思うとアホだろって思う。身バレするに決まってるし、処分《しょぶん》されるに決まってる。そして幸か不幸か、俺《おれ》には集まってくれる仲間が多かった。つまり大騒《おおさわ》ぎになりすぎた。結果、岩ヤンに拳《こぶし》のひとつも届《とど》くこともなく、屈強《くっきょう》な男性教師陣《きょうしじん》によって、俺らはとりおさえられた。

まあ実際暴力沙汰《ざた》を起こしてたら、二週間の停学なんかじゃ済《す》まなかったかもしれないけど。

学校に呼《よ》びだされた親父《おやじ》になぐられ、数日後にはタツオくんになぐられ、いかに自分がガキな思考だったのかを思い知ったのも、また事実。

タツオくんが退学になったのは、今でもくやみきれないけれど、俺が起こした事件は、後悔《こうかい》だけじゃなくて、学ぶこともあったと思う。だけどそれが後々《あとあと》、俺を苦しめるかせとなるなんて、このときの俺は、まだ全然想像もしていなかった。

「すみれっていうんだって。岩ヤンの娘《むすめ》」

ナオの言葉に一瞬《いっしゅん》、思考回路がストップした。だってそれは、最近きいたばかりの名前だったから。

たしかに光丘《ひかりおか》の制服だった。

あの子が岩ヤンの娘か？　え？　マジで？

記憶《きおく》の中の彼女《かのじょ》の姿《すがた》を思いうかべたけれど、小柄《こがら》な少女の姿は、どう考えても岩ヤンとはむすびつかなかった。

だけど思い返せば、彼女の態度には不自然なところが多かった。女子校に通っているから、男慣れしてないだけかと思っていたけれど、必要以上に俺におびえた様子だったのは、俺が陸南《りくなん》高校の制服を着ていたからか？

そして、アドレス交換《こうかん》をさけて、苗字《みょうじ》も名のらなかった。

すみれって特別めずらしくもないけれど、そうそうかぶる名前でもない。そうかもしれないという可能性をもって、記憶をたどると、すべてがそういうふうにあてはまってみえる。あー、そうなんだとは思ったけれど、あえてそこでは口にしなかった。単なる可能性の話だし。それに『すみれちゃん』が本当に岩ヤンの娘なら、もう二度と会うことはないと思っていたから。

俺の予想通り、彼女から連絡《れんらく》はなかった。

それなのに俺は、『すみれちゃん』と再会を果たすことになる。なにげなく参加した、光丘との合コンで。

ファミレスの席のはじっこで、うつむく彼女《かのじょ》を見たとき、内心めちゃくちゃおどろいてた。思わぬ再会に、俺《おれ》らしくもなく動揺《どうよう》していて、軽い挨拶《あいさつ》も交わせなかった。

席が遠いから今は話せないだけ。そう自分にいい訳《わけ》をして、表面上はみんなと雑談しながらも、俺の意識はすみれちゃんに、集中しっぱなしだった。

俺はどういう態度をとったらいいんだろう。岩ヤンには今も、複雑な感情を抱《いだ》いてる。だけど暴力には暴力で返すのが、当たり前の陸南《りくなん》教師の中で、あのとき岩ヤンだけは、俺らにとびかかってきたりしなかったのは事実だ。そういう大人《おとな》の対応に、一目置く気持ちもあれば、癪《しゃく》にさわる気持ちもある。

だから複雑なんだ。タツオくんがうらんでいないからって、あのとき岩ヤンが、目をつぶってくれてればって気持ちは、俺の中では消せない。だけどどうらんでるかといえば、それもちがう気がする。ましてや、すみれちゃんは、タツオくんの事件とは全く無関係だ。

すみれちゃんが座《すわ》っている向こうの方で、『岩ヤン』という名前がでてきたときには、内心ドキリとした。ミヨシが文句をいいだしたのを皮切りに、次々《つぎつぎ》と岩ヤンに対する不満がもちあがる。

すみれちゃんは、なにも反応を返さなかった。

だけどまあ、そんなもんか。俺がその立場でも、周囲にバレたくないし、知らんぷりを通すだろう。

そのときだった。すみれちゃんが突然《とつぜん》勢いよく、その場に立ちあがったのは。

それまで存在《そんざい》を消しているかのように、おとなしかった彼女だから、突然の行動に、みんなおどろいて、彼女に注目した。

だけど、それで俺はすみれちゃんが、岩ヤンの娘《むすめ》なんだって確信した。親の悪口を延々《えんえん》といわれた経験なんてないから、その不愉快《ふゆかい》さは、周りからは想像もつかないほどだったんだろうと、俺はそのときになって、ようやく気づいた。

うつむいたままのすみれちゃんの表情は、見えない。怒《おこ》りだすのかと思ったけれど、彼女がふるえる声で口にしたのは、「用事があるから帰る」という内容のものだった。その言葉が涙声《なみだごえ》にきこえて、気づけば俺は、立ちあがって彼女を追いかけていた。

「タク?」

「どしたのー?」

当然、その場にいたみんなは、わけなんてわかるはずもなくて、彼女と接点のないはずの俺が追いかけようとしていることに、疑問《ぎもん》の声をあげる。彼女を追いかけることが優先《ゆうせん》と判断した俺は、「ちょっとでてくる」となんでもないというふうに、のこされたヤツらに手をふった。

すみれちゃんは、ファミレスの出口の脇《わき》に止めてあった自転車を、動かそうとしていた。

うしろに立っている俺《おれ》の存在《そんざい》には気づかない。彼女《かのじょ》が鼻をすすったから、泣いているんだと気づいた。

今はすみれちゃんの存在を知っているから、参加しなかっただけで、いつも岩ヤンの悪口にまじっていたのは、事実だったから。俺だって同罪だ。

「すみれちゃん」

考えるより先に、彼女に声をかけていた。おどろいた表情で、ふりかえる彼女の目は赤くて、胸《むね》が痛《いた》んだ。

なんていっていいのかわからなくて、でてきたのは、「ひさしぶり」という日常会話の言葉だった。

岩ヤンに対する感情と同じくらい、もしかしたらそれよりもずっと。目の前の女の子は、俺に複雑な感情を与《あた》える。

だけど放っておきたくないという気持ちが強かったから、俺は彼女を家まで送ることを、申しでていた。

さっきまで、自分の親の悪口をいってた陸南生《りくなんせい》の俺となんか、一緒《いっしょ》に歩いてくれないかとも思っていたけれど、彼女の態度は陸南生を嫌悪《けんお》しているというより、単に男慣れしていないから、動揺《どうよう》している様子だった。

かわいいな、と思う。今まで付き合ったり、なかよくなったりする女の子は、自分に好意をよせて、積極的に話しかけてくれる子が多かったから、こんなふうに反応してくれるすみれちゃんを、かわいいと思ってしまった。

そしてすみれちゃんの態度からは、嫌悪感《けんおかん》というより、好意しかただよってこない。それが妙《みょう》にうれしくて、俺を調子づかせた。

あえて連絡《れんらく》をくれなかったと思ってたのに、お礼のメールを、はずかしくて送信できなかっただけだったっていう事実も。腹《はら》がへったという俺に、手作りのクッキーをさっとだしてくれる女の子らしいところも、照れた態度も、全部がツボった。

「メールちょうだいね」

はにかんでうなずいてくれる彼女に、今度こそメールがくるんじゃないかと、期待もしたけれど、俺《おれ》のスマホに、彼女からのコールがくることもなく、ＬＩＮＥ《ライン》の友達欄《ともだちらん》に、彼女の名前が表示されることもなかった。

「俺、こないだいってた、岩ヤンの娘《むすめ》と会っちゃったかも」

レントの家で、マンガを読んでるときに、ひとりごとのように告げた。ふたりだけのときを狙《ねら》ったのは、ツレの中でもコイツが、一番付き合い長くて信用できるから。

そして俺《おれ》と同じくらい、タツオくん信者であるレントが、果たしてそれをきいたときに、どういう反応を示すのか、内心俺は、気になって仕方がなかった。

だけどレントは、ベッドにうつぶせ状態で、マンガを読んだまま、「ふーん」といっただけだった。

「どこで？」

「家の前で」

「で？」

「で？　って？」

「似てんの？　ゴツいの？」

ああ……って、興味あるのそっちかよっ。

もっと出会った過程とか、きくこと色々《いろいろ》あるだろうが！

俺は記憶《きおく》の中のすみれちゃんを思いうかべた。うかぶ映像《えいぞう》はいつも同じで、おどおどしながらも頬《ほお》を染《そ》めて、一生懸命《いっしょうけんめい》俺と話そうと、がんばってる様子。

小動物っぽくてかわいい。

「全然。わりとかわいい」

気に入ってる、と正直にいうのが照れくさいから、「わりと」とかいってみたけれど、レントは「あっそ」と返しただけだった。

案外みんなにとっては、『岩ヤンの娘《むすめ》』ってのは関心ないのかもしれない。

レントの態度は、若干《じゃっかん》の安心を俺にもたらしたけれど、実際は、コイツがそういうことに無関心なだけで、他のヤツらは全然ちがったんだってことを、俺は数日後に思い知るハメになる。

「この間、合コンにいた子の中に、岩ヤンの娘がいたんだって！」

どこから情報を仕入れたのか、サモンが興奮《こうふん》気味に、教室にとびこんできたのは放課後のこと。

他のヤツらは、「どの子？」とか、「どんな子？」とか、さっそく話題に食いついている。

「全然似てねーの。すっげおとなしそうな感じで、全然しゃべんなかった」

「それ、サモンの顔が凶悪《きょうあく》すぎたんじゃねえ？」

「けっこーかわいかったけど。そういやタク、あのとき追っかけてったよな？」

サモンがそういうと、周りにいたヤツらが、いっせいにこっちに注目する。

俺はとまどいながらも、サモンの、「タクは岩ヤンの娘だって知ってたワケ？」の言葉にうなずいた。

「マジで⁉　さすがのタクの情報網《じょうほうもう》だな」

「おまえら手ぇだすなよ」

自分と彼女《かのじょ》の関係をどう説明しようかというよりも、コイツらがすみれちゃんに、よからぬ影《えい》響《きょう》をもたらすんじゃないかと、そっちの方が心配になって、そんなことをいった。

「なに、タク、岩ヤンの娘《むすめ》ねらってんの⁉」

サモンの言葉に、その場がどっとわく。

なんでそこで爆笑《ばくしょう》するんだよ。

ムッとしたけれど、自分だって、岩ヤンの娘って存在《そんざい》に、おもしろ半分に興味を抱《いだ》いていたんだから、怒《おこ》る資格なんてない。

「あの子に余計な情報入れんなよ」

俺《おれ》がいった言葉を、ヤツらは勝手にちがう方向へ解釈《かいしゃく》した。

「タクが自分から動くなんて、めずらしくねえ？」

「まあ……娘っていや、あの岩ヤンの泣きどころって、ことだもんな」

だけどそこで俺が、「そんなつもりじゃない」といったところで、信憑性《しんぴょうせい》がないことはわかっていたし、じゃあ本気で気に入ったのかと、つっこまれても気まずいから、あえて俺はなにもいわなかった。

海にさそったのだって、花火にさそったのだって、本気ですみれちゃんと会いたいと思ったからだった。

サモンが光丘《ひかりおか》にのりこんだのは、そりゃおもしろ半分だったかもしれないけれど、俺は純粋《じゅんすい》に、すみれちゃんに会いたいと思っていた。

そこに嘘《うそ》はない。

すみれちゃんにいったように、ゆっくり時間をかけて、なかよくなることを楽しいと感じていたし、ふとすれば、すみれちゃんが岩ヤンの娘だなんて事実は、忘《わす》れてしまいそうだった。

すみれちゃんの態度からにじみでる好意は、俺をうかれさせたし、じっくり時間をかけて始まる恋《こい》ってヤツに、柄《がら》にもなくまじめに向き合いたいと思ったりして。

すみれちゃんが岩ヤンの娘だって知ってるヤツらは、俺のいいつけを守って、おとなしくしているし、レントは『岩ヤンの娘』であるすみれちゃんに、興味がないようだから、会わせても問題ないと思っていた。

だけど逆に俺らみたいな偏見《へんけん》がない分、レントは俺にとって、厄介《やっかい》な存在《そんざい》となった。

他のヤツらみたいに、見守ってくれない分、タチが悪い。

アイツの無自覚のやさしさにオチる女の子が、どれだけ多いかを、小さいころから見てきた俺《おれ》は、よく知っていた。

すみれちゃんと付き合ってしまえば。そう考えたのはレントの存在《そんざい》に対する焦《あせ》りと、周りがうるさく騒《さわ》がないようにという、自分本位な思惑《おもわく》からだった。

本当は少しずつ心も近づければいいと、思っていたのだけれど。

俺はそんなよこしまな考えで、半ば強引に彼女《かのじょ》に、付き合うことを、了承《りょうしょう》させた。

好きだなんて、いえなかった。

純粋《じゅんすい》な気持ちからの告白じゃなかったから、いったらこの気持ちまでも、嘘《うそ》になってしまう気がして。

すみれちゃんと付き合い始めて、ういういしい彼女の存在を、かわいいと思ったりもしたけれど、彼女のことを好きだと思う気持ちが強まるほどに、不安な気持ちも強くなっていった。

このままうまく付き合っていけるはずもないことを、わかっていたから。

「俺のこと好き？」

そうきけば、頬《ほお》を染《そ》めてうなずいてくれる。

そうして彼女の気持ちを確認《かくにん》することで、不安を打ち消して、心の平穏《へいおん》をとりもどす。

彼女は彼氏《かれし》である俺が、自分の父親を襲撃《しゅうげき》した犯人だと知ったならば、どうするだろうか。

悲しまないはずはない。

自分が近づいたせいで、いつかこの子を悲しませることになるんだと思うと、やがて訪《おとず》れるであろう暗い未来に、心がしめつけられるように痛《いた》んだ。

このまま付き合っていけば、平穏な日々《ひび》が続いて、いつか本当の彼氏になれるんじゃないか、なんて錯覚《さっかく》におちいったりもしたけれど、それでもやっぱり終焉《しゅうえん》の足音は音もなく近づいて、ある日突然《とつぜん》、俺らの仲を切り裂《さ》いた。

「なにやってる」

背後《はいご》からきこえたのは、校内でよくどなり声を耳にする覚えのあるもので。

その声におどろくというよりは、くるべきときがきちゃったかって感じの、あきらめに近い気持ちだった。

ふりかえると、岩ヤンが見たこともないような、とまどった表情をしていたから、それには少しおどろいた。

サモンらがいっていた、『娘《むすめ》といえば岩ヤンの泣きどころ』ってのも、案外嘘《うそ》じゃなかったらしい。

向こうからすれば、俺《おれ》がすみれちゃんを自分の娘《むすめ》だと把握《はあく》しているとは、思っていないだろうから、へたな態度はとれないだろう。

案の定、「受験生だから早く帰りなさい」的な説教を受けただけで、その場は終わった。

自分をだいなしにするな。

それが俺のためになる。

停学処分《しょぶん》をくらった俺にそういったのは、タツオくんだった。

「学校なんて、いつ辞めたっていいって、いってた俺だって、辞めさせられたらキツいと思ったんだぜ？　タクなんて頭いいんだから、ぜってーあとで後悔《こうかい》するわ」

俺をボコったあと、近所の公園で、タツオくんが笑いながらいった言葉は、わかるようでわからなかった。

俺はタツオくんに、そんな思いをさせたヤツらが、にくかった。喧嘩《けんか》相手も、警察《けいさつ》も学校も教師も。

その衝動《しょうどう》にのっかって、あばれまくって、それなのに結果、俺がタツオくんを傷《きず》つけている。

そのことだけはわかったから、なぐられて端《はし》の切れた口をキュッと結んで、血の味をかみしめていた。

「いけよ。大学」

ベンチに並《なら》んで座《すわ》って、俺はズタボロなのに、タツオくんは涼《すず》しい顔して笑ってる。

その笑顔のすがすがしさがくやしくて、気づけば俺の口からは、ぐちがこぼれていた。

「……ずりぃよ。タツオくん……」

「あ？　なにがだよ」

「自分はさっさといなくなっといて、俺には大学とか……ずるくねえ？　陸南《りくなん》からなんか、相当ベンキョーしなきゃ入れねえじゃん」

うらみがましい目を向けると、タツオくんは、「ははっ」と声をだして笑った。

それから、小学生の頃《ころ》みたいに、俺の頭をポンポンとたたくと、「タクならできるだろ」と無責任なことを、ひとり言のようにつぶやいた。

そんなこといわれたらやるしかなくて、タツオくんの代わりに大学いってやろうじゃんって気になって、それからめちゃくちゃ勉強した。

もとから成績は悪くなかったから、仲間の中でタツオくんの願いを叶《かな》えてやれるの、俺だけじゃんって、妙《みょう》な使命感に燃えていた。

すみれちゃんと付き合いだしてからもそれは変わらなくて、俺《おれ》は元来の俺らしくもなく、勉強優先《ゆうせん》の、受験生らしい毎日を送っていた。

これは岩ヤンとか、すみれちゃんとかは関係なくて、俺なりのけじめというか。

タツオくんの願い通り大学にいけたら、俺にも見える景色が変わるんじゃないかって、思ったんだ。そしたらタツオくんみたいにすがすがしい顔で、あの事件のことを、笑って他人に話せるかもしれない。

だからすみれちゃんと会えなくなって、彼女《かのじょ》の様子がおかしいことにも、気づいていたけれど、俺はあいかわらず、勉強漬《づ》けの毎日を送っていた。

メールをすれば返事はくるし、電話をすればちゃんとでてくれる。だけど文化祭にだす絵がうまく描《か》けないとかで、会う時間はないという。そのせいか、電話の声もひどく元気がない。

もしかしたらもう、俺が起こした事件のことを、だれかからきいたのかもしれないと思った。だから、俺になんてもう会いたくないのかもしれない。そういううしろめたさが自分にあったから、無理に会いにいこうという気には、ならなかった。

そこで会って終わってしまうよりも、文化祭へいって、すみれちゃんの絵を見てみたいと思っていたから。

だから彼女の様子がおかしいとわかっていても、俺には「がんばってね」としかいえない。

『本当の私《わたし》を知っても、嫌《きら》いにならないで』

そういって、俺の腕《うで》の中で泣いた彼女を思いだす。

あのときはたしかに、すみれちゃんはまだ俺のことを、好きでいてくれたと思う。

だからあんなふうに泣いたんだ。自分が、『岩ヤンの娘《むすめ》』だって知られるのが怖《こわ》くて。

本当は、最初から知っていてだまっていた。それがすみれちゃんをこんなにも苦しめてる。それに気づいたら、もう限界だった。

これ以上、真実をだまっていることが、できなくなった。

文化祭ですべてを告げることを決意して、約束をして、それでもまだ彼女との関係は、そこまで悪いものではなかったように思う。

同じ空を見て、虹《にじ》を見て「きれいだね」といいあったあのとき、気持ちはたしかに、まだ通じていたんだ。

それなのに、今はもう、彼女の気持ちが全く見えない。なにかをきっかけにして。それが明らかになったのは、文化祭の前日だった。

ひさしぶりにジュリからＬＩＮＥ《ライン》のメッセージがきた。

ジュリは別れた後も、いつも思いついたように、『遊ぼう』といってきていたけれど、ジュリがまだ俺《おれ》に気があることがわかっていたから、俺はいつも理由をつけて断っていた。すみれちゃんと付き合いだしてからは、「彼女《かのじょ》がいるから」と。

それ以来、パッタリとだえていたジュリからのメッセージは、『彼女と別れた？　ジュリと遊ぼう』だった。

笑顔とハートの絵文字がそえられているそれは、俺が彼女と別れてうれしいって、ジュリの気持ちが全面に表れていた。

「まだ別れてねーし……」

思わずそんな文句がこぼれる。

だけど次の瞬間《しゅんかん》、妙《みょう》な違和感《いわかん》にとらわれた。

……なんかタイミングよすぎないか？

たしかにすみれちゃんとは、うまくいってるとはいいがたい。どっちかっていうと、危機《きき》に近い。

だけど、なんでジュリが、それを知ってるかのように、タイミングよくさそいをかけてくるんだ？

そう思ったら自然と指が動いて、『なんで?』と返事を送っていた。

『すみれちゃんが、タクにだまされてること、ジュリしゃべっちゃったよ。だってカワイソウじゃん』

悪びれる様子もなく、すぐにジュリからの返事はきた。文面を見て意味を理解すると、すぐに俺は通話に切り替《か》えていた。

メッセージなんてまどろっこしい。ジュリがなにをいったのか、すぐにでも全部知りたかった。

『もっしー。タクもっしー』

「ジュリ、今のどういう意味?」

ジュリはどこかの店に友達といるようで、雑音もうるさいし、ジュリのテンションも高い。

そのご機嫌《きげん》な感じが、余計に俺の焦燥《しょうそう》をあおった。

『……タク怒《おこ》ってるの?』

俺のイラつきを感じとったらしいジュリの声が、少しおびえたものに変わる。

それに気づいて、俺は深呼吸《しんこきゅう》をして、気持ちを落ち着けた。

――ジュリに怒るのは、おかど違《ちが》いだ。

「怒ってないから、いえって。すみれちゃんに、なにいったって?」

なるべくやさしい声をだして、小さな子どもにするように問いかけた。

『すみれちゃんがセンセーの娘《むすめ》だから、タクがおもしろがってオトそうとしてるって、教えちゃったんだよ。だってそんなの、止めた方がよくない？　タクだって、みんなにのせられてるだけで、本当は、そんなの嫌《いや》でしょ？』

それをきいた瞬間《しゅんかん》、いろんな感情が俺《おれ》をおそった。

ジュリに口止めしなかった後悔《こうかい》、まわりにはやしたてられたときに、否定《ひてい》しなかった後悔、すみれちゃんに、自分の口からいえなかったことへのショック、そんな気持ちじゃなかったって、さけんで、だれかに弁解したい葛藤《かっとう》とか……そんなんが、次々《つぎつぎ》にわいてでて、頭の中にとめどなく流れこんできた。

『……タク？　やっぱ怒ってるの？』

「いや……、ちがうよ。ジュリは悪くねーし」

『ね、元気だしてよー。今、友達といるんだ。タクもでてきてよ』

「……いい。彼女《かのじょ》いるから、ジュリとは遊ばないっつったろ」

『は？　すみれちゃんと別れてないの？　なんで？』

なんで？　って……。ジュリの純粋《じゅんすい》な疑問《ぎもん》が、胸《むね》に痛《いた》かった。

やっぱフラれるのが当然か……？　俺。

「俺は別れたくねーもん。じゃあな」

会話の途中《とちゅう》で通話を切って、ベッドにスマホを放り投げた。

俺が会話を切りあげたのがわかったからか、ジュリからしつこく着信が入るようなことはなかった。

15 文化祭

「はぁ……」

「さっきからうるさい」

何度目かのため息を吐《は》きだすと、部屋の主であるレントが、鬱陶《うっとう》しそうに文句をいう。

「仕方ねーじゃん。落ちこんでんだもん。大体なんでいわねーんだよ……」

「知るかよ。おまえらふたりの問題じゃん」

レントの部屋で並《なら》んで、格闘《かくとう》ゲームをして遊んでいるものの、もりあがってるのは、画面の中だけで、俺《おれ》のテンションはちっともあがらない。

もう少ししたら、文化祭にでかけなければならないのに。

約束の時間までの暇《ひま》つぶしに、レントの部屋で、ぐだぐだするつもりだった。

だけど俺はそこで、またしても衝撃《しょうげき》の事実を知ることになる。

レントは先週、家に通じる小道の脇《わき》で、泣いているすみれちゃんを目撃《もくげき》したという。自分が岩ヤンの娘《むすめ》だと知っていたか、レントに確認《かくにん》したらしい。

そのまま泣きながら去ったすみれちゃんを、自分を棚《たな》にあげて、なんで追いかけなかったんだと、レントをなじった。

「タクの女じゃなきゃ、追っかけてもよかったけど」

しれっとそんなことをいうレントは、気が利《き》くのか利かないのか、よくわからないやつだ。

「さっさと会いにいけばいいじゃん」

「……時間指定されてんだよ。親がくるから、あとからきてって」

「親って、岩ヤン？」

ぷぷっとレントが笑うから、ムカつく。なんでおまえらは、そこで笑うんだよ。

はらいせに画面のキャラに、必殺技をくりださせたけれど、あっさりガードされてしまった。

カウンターをくらった俺のキャラの体力ゲージが、一気にさがる。

「俺は笑わねーし」

「じゃあ、いけばいいじゃん。岩ヤンと、はちあわせしてみろよ」

「……そんなのすみれちゃんと話してからだろ」

岩ヤンとの対面から、にげたいわけじゃない。

だけど、すみれちゃんがそれを望まなかったら、彼女《かのじょ》に迷惑《めいわく》がかかるだけだ。

そんなことを話してるうちに、俺《おれ》のキャラの体力ゲージが0になったから、コントローラーをレントに投げて渡《わた》した。

「じゃあ、いってくるわ」

家のガレージから、自転車をだしてまたがる。いつもすみれちゃんの自転車を、一緒《いっしょ》に引いて歩いたこの道を、自転車にのって走った。

ふだんは電車通学で、コンビニも近いから、自転車にのる機会がない俺は、いつもすみれちゃんはこんな景色をながめながら通学しているんだな、と新鮮《しんせん》な気持ちだった。

陸南《りくなん》高校では文化祭といえば、お祭り騒《さわ》ぎ好きの、血の気の多いやつらが大勢集まるから、教師達はピリピリしていて、一種緊張感《きんちょうかん》がただよう、独特の雰囲気《ふんいき》になるが、光丘《ひかりおか》の文化祭は、女子校だからか、のほほんとした雰囲気だった。

きているのも、生徒の家族といった感じの人が多い。

それもそのはず、光丘の文化祭は出店がでているものの、事前販売《はんばい》されているチケットしか使えない。ようするに、全然関係ないやつがきても、全く楽しめないシステムになっているのだ。

俺もチケットをもっていないから、ブラブラとでている店を見て歩いていた。

光丘学園の生徒は、黒髪《くろかみ》のまじめそうな女の子と、合コンのときにいた、茶髪《ちゃぱつ》でメイクもしてる子と、半々《はんはん》ぐらいだ。

こうして光丘の女の子をたくさん見て歩いたって、すみれちゃんほど可憐《かれん》で透明感《とうめいかん》のある女の子って、いない。すみれちゃんと別れたら、もうああいう子には、二度と出会えない気がする。

失いそうになって初めて気づく、いつの間にかこんなに彼女にハマっていたことに。

すみれちゃんのいる美術室は……、どこだろな。そんなことを考えていたときだった。

背後《はいご》から「桐谷《きりや》くん！」と声をかけられた。

声のした方をふりかえると、ななめうしろの屋台から、エリちゃんが顔をだして手をふっている。エリちゃんはクレープ屋らしい。

「エリちゃんひさしぶり」

屋台に近づくと、「買っていって！」と営業される。俺は苦笑しながら、「残念だけどチケットもってない。ごめんね」と断った。

エリちゃんがキョトンとする。

そりゃそうだろう、チケットももたずに、ひとりでこんなところを歩くなんて、本当に俺、なにやってるんだろ。

「すみれにもらってないの？」

少し複雑そうなエリちゃんの顔は、俺《おれ》とすみれちゃんが付き合ってるのが不満だって、ありありと顔にでている。

「このあと会う約束してるんだけど、まだいってないんだ」

あたりさわりのない答えで、うまくにげたつもりだけれど、エリちゃんは不思議そうな表情のままだ。エリちゃんはなにかを考えるように、小首をかしげたあと、「それじゃ、私《わたし》のチケットあげる！」といいだした。

「え、悪いし。いいよ」

「いいよ、いいよ！　親と弟くらいしか、使う人いないし。それより桐谷《きりや》くんに、私の焼いたクレープ食べてほしいもん」

「きっとお父さんが食べたいっていうんじゃない？」

「ええ〜。まあ、いうと思うけどぉ……」

エリちゃんは見た目は派手《はで》な方で、光丘《ひかりおか》っぽくないタイプの女の子だ。だけどこうして親を招待して、父親のためにクレープを焼くつもりがあるってところが、やっぱりキチンとした光丘の子なんだなーと、なんだか感心してしまった。

「だけどすみれとは、遊びなんでしょ？　だったら私と……」

「エリちゃん、ストップ」

エリちゃんがジュリと同じことをいおうとしたのがわかったから、それを止めた。

「遊びじゃないよ」

「え？　だってすみれのお父さ……」

「遊びじゃない。俺は本気で付き合ってるし、すみれちゃんのお父さんがだれだって、関係ない」

エリちゃんの目をまっすぐ見て答えた。

初めからちゃんと、みんなの目を見て、自分の気持ちをいわなきゃいけなかったっていう後悔《こうかい》から。いつも笑ってやりすごす俺の真剣《しんけん》な顔に、エリちゃんはおどろいたように、息を飲んだ。

「あ……はは、だよねぇ～。冗談《じょうだん》、冗談だよっ」

ジュリだったら、逆上しそうな場面だったけど、エリちゃんは愛想笑《あいそわら》いで、その場をごまかすことにしたようだった。

エリちゃんはとりつくろうように、屋台の向こうから、自分のチケットをさしだしてきた。

「あっ、でもクレープくらい食べていってよ！　まだすみれのとこ、いかないんでしょ？」

「いや、俺《おれ》やっぱ……」

「桐谷《きりや》」

思わず「ゲッ」といってしまいそうな、地を這《は》う低音は、学校以外できくには、やっぱりとてつもなく違和感《いわかん》がある。特にお嬢《じょう》さま学校の光丘《ひかりおか》じゃ、似つかわしくない。条件反射《はんしゃ》で、肩《かた》をすくめてふりかえると、岩ヤンが、あいかわらずのきびしい表情で、不機嫌《ふきげん》そうに俺を見ていた。

いつも岩ヤンに呼《よ》び止められるときは、説教だからドキドキするけれど、今日のそれは、いつもの比じゃない。俺の鼓動《こどう》が、ハンパなくヤバい。すみれちゃんに会う前に、岩ヤンに見つかってしまうとは。

どうする俺？　追い返されるのか？

今目の前にいるのは、陸南《りくなん》教師の岩ヤンではなく、タツオくんを退学に追いやった敵でもなく、ただの好きな女の子の父親だ。ふつうなら、関わりたくない相手ナンバーワン。

エリちゃんのクレープ屋は、校庭に並《なら》ぶテントの屋台のひとつで、岩ヤンは校舎側からきていた。すみれちゃんの美術室によって、帰るところだったらしい。

すみれちゃんは一緒《いっしょ》にいなかったけれど、ななめうしろに小柄《こがら》なおばさんが立っていた。やさし気《げ》な面《おも》ざしが、すみれちゃんとよく似ている。すみれちゃんのお母さんであることは、一目瞭然《いちもくりょうぜん》だった。

俺がだまったままでいると、岩ヤンは、いつも学校で俺らを注意するような口調で、いってきた。

「こんなところで油売ってないで、家で勉強したらどうだ。受験生だろ、桐谷は」

「ベンキョーならしてるし。油なんて売ってねーし」

いつも人の顔見りゃ勉強、勉強って。こっちは寝《ね》る間もおしんで、勉強漬《づ》けの毎日だっつーの。

思わずふてくされて答えてしまった。

「他校の女生徒に声をかけて、イチャイチャすることが、おまえにとっての勉強か」

「はっ？　イチャイチャなんかしてねーし！　なにいってんだよ、アホか」

「……」

「あっ」

あまりにも子どもじみたいいがかりに、思わず口調が荒《あら》くなって、相手が『彼女《かのじょ》の父親』であったことを思いだしたが、あとの祭りだった。

一気に緊張《きんちょう》した空気がふっとゆるんだのは、すみれちゃんのお母さんが、声をころしてふきだしたからだ。

だよな、だよな？　今のはいいがかりだよな？

目線で助けを求める俺《おれ》に気づいた岩ヤンが、苦虫をかみつぶしたような顔になる。娘《むすめ》が関わると、分が悪いらしい。そんな岩ヤンを見るのは、当然初めてで、なんだか新鮮《しんせん》な気持ちだった。

「光丘《ひかりおか》の制服を着ている女の子なら、だれでもいいのか」

「……っ、だれでもよかったら、わざわざ岩ヤンの娘なんか、えらばねーし！　……じゃなかった、えらんで、ません……」

分が悪いのはこっちも一緒《いっしょ》だ。いつもならタメ口で怒《おこ》られたって、全然平気なのに、『彼女《かのじょ》の父親』の機嫌《きげん》をそこねたらと思うと、急に恐《おそ》ろしくなる。

こんなんで本当に、すみれちゃんと付き合う許可なんか、もらえるのか。

いや、その前に彼女の気持ちは……。

「数日前に、すみれが泣いて帰ってきたことが、あったそうだが」

「……」

「おまえが原因か」

「……すみません」

ずーんと気持ちが重く沈《しず》む。それはレントが、すみれちゃんと会った日のことか。

一番痛《いた》いところをつかれて、俺が彼女のそばにいる資格なんかないんじゃないかって、気持ちがまた折れそうになった。

「……それが、おまえのやりたかったことか」

「っちげーし！　だったら、こんなとこまできてねえっ。どいつもこいつも、人の気持ち勝手に決めつけてんじゃねえよ！　俺はただ、すみれちゃんだったから……！」

すみれちゃんが、すみれちゃんだから。だから好きになったんだ。

さすがにそんなことを、岩ヤンの目の前でいうのは照れるから、目線をはずして、ななめ下を向いた。

岩ヤンが、どんな表情をしているかは、見えない。

「すみれちゃんの親がだれだって、関係ない。あのときの俺とはちがう。大学だって、受かってみせるし、だれの人生も、だいなしにしたりしない」

「……」

「だってタツオくんが、それを望んでるから」

「……桐谷《きりや》」

「すみれちゃんに、嫌《きら》われたかもしれないけど、それは俺らの問題だし」

そこまでいって、顔をあげて岩ヤンの表情をチラリと確認《かくにん》した。眉間《みけん》にシワをよせた、むずかしい顔。

そのまま岩ヤンの後方を確認《かくにん》して、にげ道を確保する。すみれちゃんに会う前に、追い返されたくない。いざとなれば、強行突破《とっぱ》してやるつもりだった。

そんな俺《おれ》の考えは、表情にでていたのか、岩ヤンは、ふうとため息をついた。

「桐谷《きりや》のそんな反抗的《はんこうてき》な顔を見るのは、あのとき以来だな」

『あのとき』が、俺が起こした傷害未遂《しょうがいみすい》事件のことだって、すぐにわかった。

たしかに、岩ヤンを前に、こんなせっぱつまった気持ちになるのは、あのとき以来かもしれない。

「いつもニコニコして要領がいいけど、なに考えてるかわからない、うさんくさいやつだと思ってた」

「は？　それ俺のこと？　教師がそんなこと生徒にいうか？　傷《きず》ついたらどうすんだよ」

面と向かって先生に、『うさんくさい』なんていわれるとは思わなくて、目がまんまるになった。

これって問題発言だろ。そんな俺の顔を見て、岩ヤンがプッとふきだした。

「俺は、むずかしく考えすぎてたな。桐谷もまだ、高校生だもんな」

「……今度はガキ扱《あつか》いかよ……」

岩ヤンのいってる意味がわからなくて、文句をつぶやく。

なんなんだよ、もう。

「すみれに会いにいくのか」

急にふれた核心《かくしん》にドキッとして、また岩ヤンの後方の、にげ道を確認してしまう。

「止めたって無駄《むだ》だからな」

じりじりと岩ヤンから距離《きょり》をとりながら、走りだす準備をしている俺に、岩ヤンは特に制止する様子を、見せたりしなかった。すみれちゃんのお母さんなんかは、俺に道をあけるように、横に一歩避《よ》けてくれた。

今、目の前にいる岩ヤンがどんな気持ちで、すみれちゃんのお母さんがどうして道をあけてくれるのかもわからない。

それは岩ヤンがいう通り、俺がまだコーコーセーだからか。

他人の気持ちなんて、ぜんっぜん、わからねえ。

すみれちゃんが今どんな気持ちでいるかも、どんだけ苦しんでいるのかも。わからないから、会いにいくしかない。

走りだしたりは、しなかった。

最大の難関《なんかん》だと思われたここを、なぜだか通れる気がしたから。

その予感は的中して、緊張《きんちょう》しながら岩ヤンの横を通りすぎたけれど、腕《うで》をつかまれたり、制止されたりは、しなかった。

たったこれだけで、すみれちゃんとのことを、ゆるしてもらえたとは思わないけれど。ただすみれちゃんに会いにいく許可を、もらっただけだ。

顔をまっすぐあげて、背筋《せすじ》をのばして、昇降口《しょうこうぐち》へと向かって、足早に歩いた。

まるでひとつの儀式《ぎしき》みたいだった。

俺《おれ》の心の中には、闘志《とうし》にも似た熱い感情がたぎっていて、今ならどんな難関《なんかん》も、こえられそうな気がしていた。

校舎の中に入るまでは。

校舎に入ると、エリちゃんや、岩ヤンの気配が、全く消える。そこは知らない世界だった。

もう文化祭が終わる時間だからか、人の流れは、入っていく人よりも圧倒的《あっとうてき》にでていく人の方が多い。人の波に逆らって、用意された来客用のスリッパをはいて、中へ入ると、男子ひとりで歩いているのがめずらしいのか、周りの女子高生が遠慮《えんりょ》ない視線《しせん》を投げかけてくる。そういった雰囲気《ふんいき》の違《ちが》いが、さっきまで臨戦《りんせん》態勢だった俺の気持ちを、そいでいく。

「ラストだから割引《わりびき》しますよー。入っていってくださいっ」

「あー、ごめんね。美術室ってどっちかな」

占《うらな》いの館《やかた》で、積極的な女生徒の客引きにあったけれど、より道する心の余裕《よゆう》なんて、もちろんない。

彼女《かのじょ》に美術室までの道のりをきいて、まっすぐそこをめざした。

16 色彩《しきさい》

美術室の扉《とびら》は解放されたままで、そこは客引きもなく、ひっそりとした空間だった。

それが俺《おれ》の緊張《きんちょう》をあおって、急激《きゅうげき》に喉《のど》がかわいてきた。

だけどここまできて、引き返すなんて選択《せんたく》はもちろんないから、一歩ずつふみしめるように美術室へと、足をふみいれる。

教室の半分は、ふだんから使われているであろう六人用のテーブルがそのまま置かれ、半分はパーテーションで区切られて、奥《おく》は調理スペースになっているようだった。

もう座《すわ》っている客は、数人しかいない。

「お好きな席へどうぞ。よかったら作品も、見ていってください」

幼《おさな》い印象の、黒髪《くろかみ》の女生徒に声をかけられて、一瞬《いっしゅん》すみれちゃんかと思って、ドキッとしたけれど違《ちが》った。室内を見渡《みわた》しても、彼女《かのじょ》の姿《すがた》はない。

とりあえず気持ちを落ち着けようと、壁《かべ》にかけられている展示《てんじ》作品を順番に見ながら、奥へと進んだ。

作品には、必ず作者のフルネームが記載《きさい》されていたから、俺はすみれちゃんの名前をさがしながら、じっくりと歩いた。

時間をかけて、一生懸命《いっしょうけんめい》描《か》いている様子だった彼女の絵を、純粋《じゅんすい》に見たいと思ったから。

順番に作品を見ながら進んでいくと、奥から二番目の作品スペースが、ぽっかりとあいているのに気づいた。そこには飾《かざ》られているはずの作品はなくて、ネームプレートだけが、のこされていた。

『虹《にじ》　一年五組　岩本《いわもと》すみれ』

今、一番会いたいと思っている、彼女の名前を見つけて、ドキッとする。

虹というのは、おそらく作品タイトルだろう。だけど肝心《かんじん》の作品がない。

彼女の姿を確認《かくにん》できないのと相まって、不安が一気に上昇《じょうしょう》した。

ここまで足を運んでも、彼女の作品を見ることができないなんて、まるで俺が会いにくるのを、拒否《きょひ》されたみたいで。

「あの……、ここにあった作品は？」

「え？」

思わずトレイで食器を運ぶ、ウェイトレスの女の子に、声をかけてしまった。

女の子は、作品がなくなっていることに気づいていなかったようで、おどろいたような顔をしている。

「ていうか、岩本《いわもと》さんは？　すみれちゃん、どこにいるか知らない？」

彼女《かのじょ》がバックヤードに確認《かくにん》にいこうとしたから、背中《せなか》から追加で声をかけた。

もうここまできたら、本人さがしてもらった方が早い。

俺《おれ》の言動で、俺がすみれちゃんの彼氏《かれし》だって気づいたせいか、バックヤードでは、きゃあきゃあと黄色い声があがって、もりあがっている。

だけど肝心《かんじん》のすみれちゃんは、姿《すがた》を現さずに、バックヤードからは、さっきの彼女が顔を赤らめて登場しただけだった。

「あの……、岩本さんは、もうあがったそうです」

「え……」

「お友達と約束があるからって、さっきでていったみたいです」

「あ、そう……。ありがとう」

友達って俺のことだろうか。すんなり会えなかったことで、不安な気持ちが上昇《じょうしょう》する。

席に座《すわ》る気にはなれなくて、俺は美術室をでると、スマホですみれちゃんに『今どこにいるの？』とメールした。

手もちぶさたで廊下《ろうか》の壁《かべ》にもたれかかって返信を待っていると、ほどなくして、彼女からメールが入った。

『東校舎　一年五組にきてください』

まるで宝《たから》さがしゲームをしている気分だ。もしくはＲＰＧ。難関《なんかん》をクリアして、ヒントをもらって少しずつゴールまで。

だけどいよいよこの先には、会いたかった彼女がいる。

そう思うと、緊張《きんちょう》で喉《のど》の奥《おく》が、ゴクリと鳴った。

東校舎は、模擬店《もぎてん》を開催《かいさい》している特別教室の棟《とう》とはちがって、部外者も生徒も、ほとんどいないひっそりとした空間だった。

人気《ひとけ》がないせいで、まるで今から試験か面接でも受けにいくかのような緊張感《きんちょうかん》だ。

はやる気持ちとは逆に、俺は一歩一歩ふみしめるように、階段《かいだん》をあがっていた。

俺の高校よりも、ずっときれいな建物の廊下を歩いて、すみれちゃんは、こんなところで学生生活をすごしてるんだなと思った。

一年五組のうしろの入り口にたどりつくと、扉《とびら》はあいたままで、すぐに中に入るのは、ためらわれたから、顔だけだして、中をのぞいてみた。

「だれもいねーじゃん……」

そこにはやっぱりすみれちゃんはいなくて、ガクッとしたような気持ちと、命がつながって、ホッとしたような気持ちがまざって、なんともいえない複雑な気持ちだ。

だけど窓際《まどぎわ》の机《つくえ》の上で、窓に立てかけられて、こちらを向いている絵に気づいて、心臓《しんぞう》がドキッとはねあがった。

それがすみれちゃんの絵だと気づくと、すいこまれるように、足が教室の中へと進んでいた。

ゆっくりと、その絵に近づく。

額縁《がくぶち》に入ったそれは虹《にじ》の絵……、というより、色彩《しきさい》の抽象画《ちゅうしょうが》に近い。あわく七色に色づいている空間が、水彩《すいさい》絵の具で全体に描《えが》かれていた。

透明感《とうめいかん》があって、はかなくて綺麗《きれい》で。まるですみれちゃんそのものだと思った。

あの日、ふたりで見た虹を、鮮明《せんめい》に思いだす。

『あのとき』が切りとられて、ここに表現されているのだと、すぐにわかった。

にごりのないそれは、すみきっていて、どこか切ない。

いつもまっすぐに透《す》けて見える彼女《かのじょ》の気持ち。

絵のことなんて全然わからないのに、なぜか泣きたくなった。

ふと目線を落とすと、額の下には手書きのネームプレートがある。

たしかネームプレートは、美術室に置き去りになっていたはずなのに。

『初恋《はつこい》　一年五組　岩本《いわもと》すみれ』

彼女らしい、小さくまとまったかわいらしい文字で、先ほど見たのとはちがったタイトルが書かれている。

だけどそれで、『ああ、そうか』と思ってしまった。

だからこんなに綺麗で切ないんだ。

やっぱりこれはすみれちゃんの心そのもので、これが彼女の恋《こい》の色。

この虹を見たとき、ふたりの気持ちは、たしかにおたがいを思い合う恋心だったんだと、今さらながらに確信していた。

だけどすみれちゃんの彩《いろ》がこんなに哀《かな》しいのは、やっぱり俺《おれ》のせいなんだろうと思うと、胸《むね》が痛《いた》んだ。

そのときだった。

カタンと音がしてふりかえると、あけ放たれた教室の前側の扉《とびら》に手をかけたすみれちゃんが、制服姿《せいふくすがた》で立っていた。

その目はおどろきに見開かれ、俺《おれ》がきているとは思っていなかった様子だ。

たしかに『どこにいる?』ってきいただけで、俺がどこにいるのかは伝えていなかった。すみれちゃんの予想以上に、俺の到着《とうちゃく》が早かったみたいだ。

かたまるすみれちゃんに、俺もどんな表情をしていいか、わからなかった。

喧嘩《けんか》したわけでも、別れたわけでもないから、ふつうに電話もしていたのに。

一歩ふみはずせば、簡単《かんたん》にこわれるあやうい関係だったことに、今さらながら気づく。

今気づいたところで遅《おそ》いのにな。

そんな思いからふっと苦笑がもれて、俺はすみれちゃんに、「ひさしぶり」と言葉をかけた。

すみれちゃんはおどろいたように、ビクッと肩《かた》をふるわせると、「あの……、ひさしぶり……です……」と小さな声で返してくれた。

すみれちゃんの性格からして、顔を合わせるなり罵倒《ばとう》されるなんてないことは、わかりきっていたけれど、それでもすみれちゃんが、いつも通り反応を返してくれたことに、ホッとしていた。

「綺麗《きれい》だね」

「え……？」

「虹《にじ》。綺麗な絵だね」

「あ……」

意図したわけじゃないけれど、俺の口からこぼれたのは、ふたりで虹を見たときと、同じ台詞《せりふ》だった。

すみれちゃんの黒目がちな瞳《ひとみ》に、涙《なみだ》がうかびあがる。それをかくすように、彼女《かのじょ》はうつむきながら、タタッと俺をすりぬけて、自分の絵のもとへと走った。

その行動に、絵を見ちゃいけなかったのかと、少し傷《きず》つく。

もしかしたら、この絵を描《か》いたときと今では、気持ちが違《ちが》うのかもしれないなって。

きつい。けど自分のせいだもんな。

「ごめん、すみれちゃん俺……」

せめて自分の言葉でちゃんと謝ろうと思って、すみれちゃんをふり返った。

「あの……っ」

ふり返ると同時に、目の前にさしだされたのは、すみれちゃんの絵。

彼女は両手で、俺に額縁《がくぶち》をさしだしたまま、頭をさげている。

まるで、もらってくださいといわんばかりの態度に、意味がわからなくなって俺《おれ》はとまどった。

「すみれちゃん……？」

「あの……これっ、この絵、ホントは、カフェに飾《かざ》ってあるのを見てもらおうと思ってたんだけど、でもホントのタイトルと違《ちが》くて、ホントのタイトルにしたかったけど、はずかしくて、どうしても先生にいえなかったっていうか……」

「うん？」

「だ、だからこの絵のタイトルは……虹《にじ》、じゃなくて初恋《はつこい》、なんです……」

「うん……」

それはさっき見たから、知ってるけど。

どうやらすみれちゃんは、先生や友達に『初恋』という絵のタイトルを、はずかしくて告げられなかったらしく、だけど俺には、本当のタイトルを知ってほしくて、わざわざ美術室から絵をもちだしたと……、そういうことで、いいんだよな。

この絵を俺にくれるっていうことだろうか。

そう思って、とまどいながらも、手をさしだそうとしたとき、すみれちゃんが頭をさげて、下を向いたまま、ふるえる声で、つぶやくようにいった言葉を、俺は一生忘《わす》れないと思う。

「……好きです……」

「え……？」

「す、好き……です。好きです。桐谷《きりや》くんのことが……」

ふるえたまま涙声《なみだごえ》の彼女《かのじょ》は、それでもハッキリと『好き』だといった。

俺のことが。

心臓《しんぞう》が、つかまれたみたいにギュッとなって、絵を受けとろうとした俺の手は、完全に空中でかたまった。

「……どうして……？」

はりついたみたいに、かわいた喉《のど》の奥《おく》からでてきた声は、なんとも気づかいのない返事だった。

なぜなら、頭がまっ白になって、なにも考えられずに、心の声が、そのまま口からもれてしまったから。

すみれちゃんは、俺にだまされたと思っているはずなのに、ひどいことをした俺に向かって、どうして「好き」だなんて、いってくれるんだろうって、すみれちゃんの考えていることがわからなくなった。

「わた……私《わたし》は、桐谷くんが、いってくれたから、付き合ってたわけじゃなくて……。もっと、その前から、ちゃんと桐谷《きりや》くんのことが、その……す、好きで……」

「……うん」

「だから……あのっ」

じっと、目の前のすみれちゃんのつむじを見ていた。

その足元に、パタパタと涙《なみだ》の滴《しずく》が落ちていくのに気づいて、ハッと我《われ》に返って口を開く。

「俺《おれ》……、すみれちゃんのこと……」

すみれちゃんのその頭に、肩《かた》にふれたいけれど、ふれていいのかもわからない。

すみれちゃんは、自分を好きだといってくれたのに、俺はといえば、どんないい訳《わけ》の言葉も、思いうかばなかった。

そっと額縁《がくぶち》に両手をそえて、すみれちゃんから絵を受けとった。

待っていたかのように、勢いよくすみれちゃんが顔をあげる。

予想通りその顔は涙にぬれて、目はウサギみたいに、まっ赤にうるんでいたけれど、すみれちゃんはその顔を、無理やりに笑顔に変えた。

一生懸命《いっしょうけんめい》な泣き笑いは、見ているこっちが泣きたくなるくらいだった。

おどろいて息をのむ俺に、すみれちゃんの笑顔は、一瞬《いっしゅん》しかもたなかったのか、彼女《かのじょ》はもう一度、勢いよく、俺に頭をさげた。

「すみれちゃん……?」

「今まで付き合ってくれて……、ありがとう……」

「え……」

今度は、ゆっくりと頭をあげながら、すみれちゃんは、指の背《せ》で涙をぬぐった。

いうつもりだったことを、全部いい終わったからか、どこか清々《すがすが》しいような表情をした彼女は、
今度こそ自然なほほえみを、口元にたたえていた。

誤解《ごかい》なんてなにひとつとけていないのに。俺をゆるして、その罪を受け入れてくれている。

綺麗《きれい》だ。彼女はすっごく。

いつも透《す》けて見える心の奥底《おくそこ》までもが、にごりのないすんだ川みたいだ。

にごってる自分がはずかしくなった。

「いいのかな……」

「え?」

「すみれちゃんの初恋《はつこい》、俺なんかで……いいのかな……」

すみれちゃんに好きだといわれて、すごくうれしいのに、そんなうしろ向きな言葉が、口をつ

いてでてしまった。

だけどすみれちゃんは笑顔で「うん」と即答《そくとう》してくれた。

「できれば終わりにしないでほしいんだけど」

「え……?」

「今までありがとう……とか、終わっちゃたみたいじゃん。すみれちゃんが、ゆるしてくれるなら、俺《おれ》にもひとこと、いわせてほしいんだけど」

まっ赤な瞳《ひとみ》がきょとん、と丸く見開かれた。

「めちゃくちゃ好き。きみのことが」

17　好きって気持ち

桐谷《きりや》くんが放ったひとことは、私《わたし》の思考回路を完全に停止した。

目を見開いたまま、かたまる私の瞳《ひとみ》からは、一瞬《いっしゅん》で涙《なみだ》が引っこんでしまった。

「……え？」

数秒後、私の口からでてきた言葉はこれ。

さっき私が決死の告白をしたときに、桐谷くんが「どうして？」っていった気持ちが、今ならすごくわかる。

私も「どうして？」っていいたい。言葉がでてこないだけで。

えっと……、桐谷くんは、私が『岩ヤン』の娘《むすめ》だから付き合ってただけだって、話だったよね？

私のことが好きじゃないから、「好きだ」っていってもらえないんじゃ、なかったっけ。

今、桐谷くん……私のこと好きだって、いった？

頭の中で、ジュリちゃんがいった、「タクはやさしいから嘘《うそ》がつけない」のセリフがぐるぐるとまわる。

桐谷くんが嘘つけないなら……、今いったことって、本当？

「……ええっ？」

力がぬけて、へにゃりと座《すわ》りこみそうになったところを、桐谷くんの腕《うで》に助けられる。

ひさしぶりに感じる彼《かれ》の感触《かんしょく》。

これって夢？　とまじまじと桐谷くんの顔を凝視《ぎょうし》してしまうと、彼は私が大好きな、少し照れたような困《こま》ったような表情で、笑っていた。

「こんなふうに女の子に告白したの、初めてかも」

私の腕を引いて、体勢を立て直してくれた桐谷くんは、あいた方の手で、照れくさそうに、首のうしろをかいた。

その様子を見て、どうやらこれは現実らしいと悟《さと》って、目をパチパチさせた。

「桐谷くん……。私が先生の娘って、知ってた……んだよね？」

桐谷くんは、そっと私から手を離《はな》すと、記憶《きおく》をたどるように答えてくれた。

「うーん……と、ファミレスで二回目に会ったときは、知ってた……かな」

やっぱり、と思う気持ちと、最初の出会いは、本当に偶然《ぐうぜん》だったんだなと、おどろく気持ちとが入りまじった。

「桐谷《きりや》くんは……、どうして私《わたし》が先生の娘《むすめ》だって、知ったあとも……」

「からかってないよ」

『やさしくしてくれたの？』とききたかったのに、かぶせるように桐谷くんはいった。

「え？」

「ジュリにそういわれたんでしょ？　たしかに周りに、はやしたてられたりもしたけど、俺《おれ》自身の気持ちは最初から変わってないよ」

「あ……」

焦《あせ》りがまじったような表情を見て、私がジュリちゃんの言葉に、ゆれていたことも全部バレているんだなと知った。

「すみれちゃん、きいて」

「は、はい」

桐谷くんが、スッとまじめな表情になって、私の目をまっすぐに見たから、なにか大事なことをいおうとしているんだと悟《さと》って、緊張《きんちょう》しながら、背筋《せすじ》を正した。

「これは知ってるかわからないけど……、タツオくんが退学になったことで、すみれちゃんのお父さんのこと逆《さか》うらみして、暴力事件を起こしたのが、俺。これは本当」

「……うん」

「だけどそのことで、タツオくんからめちゃくちゃ怒《おこ》られて。今思うと、バカなことしたって思ってる」

「……そう、なんだ……」

「すみれちゃんがこのこと知って、俺のこと、どう思うかって思ったら怖《こわ》くていえなかった……ごめん……」

その言葉に、私はふるふると、頭をふった。

どう思われるか怖くていえなかったのは、私だって同じだ。

先生の娘だってバレないように、いつだって必死で不安で……、好きな人に自分をいつわっていることが、ずっと苦しかった。

「桐谷くんも……、苦しかった、でしょ?」

「すみれちゃんがゆるしてくれても、……岩ヤ……、すみれちゃんのお父さんがゆるしてくれるかは、わからない」

「……」

「だけど、すみれちゃんがいいっていってくれるなら……、俺《おれ》ぶつかっていきたいと思う。暴力とかじゃなくて、ちゃんとわかってもらえるまで、にげずに先生と向き合いたいんだ」

涙《なみだ》があふれてしまう。鬼《おに》教師と呼《よ》ばれるお父さんに、こんなふうに真正面から、いどんでくれる男の子が、他にいるだろうか。

「……制服、が」

「え？」

「桐谷《きりや》くんの着ている陸南《りくなん》高校の制服が、ずっと心苦しかった。お父さんに陸南生には近づくなっていわれていたのに、私《わたし》がその約束を守れなかったから」

「そうだったんだ……」

「だけど惹《ひ》かれずには、いられなかった。自転車を直してくれたときから、桐谷くんはまるで王子さまみたいに見えて……」

こんなことといったら子どもっぽいかなと思って、チラリと桐谷くんを見ると、「王子にはほど遠いなー。陸南だし」と、居心地悪そうに苦笑いしていた。

だけどこうしてお父さんという高い壁《かべ》をのりこえて、光丘《ひかりおか》学園まで私に会いにきてくれた彼《かれ》は、まちがいなく私の王子さまだ。

「……お父さんの存在《そんざい》に、引かないで会いにきてくれて、ありがとう」

「そうだね。今までありがとうっていわれるより、そっちのがよっぽどいいかな」

「う……ごめんなさい。てっきり今の関係をやめにしようって、いわれるのかと思っちゃって」

「いわないよ。だって俺、すみれちゃんのことが好きだから」

さっきいってもらったのに、「好き」っていわれると、心臓《しんぞう》がおかしくなっちゃいそう。

両手で頬《ほお》をおおうと、そのタイミングで、校庭でダンスが始まったのか、外から音楽がきこえてきた。

「ダンスが始まったね。俺たちも踊《おど》る?」

桐谷くんがいたずらっぽくきいてくるから、私は首をかしげた。

「え? だってフォークダンスじゃないよ? マイムマイムだよ?」

「いーじゃん、なんだって。俺、すみれちゃんと踊りたい」

桐谷くんはそう笑って、その場でひざまずくと、私に向かって手をさしのべてくれた。それはまるで、物語の中の王子さまそのもので、私の心をはちきれんばかりに、ときめかせた。

「はい、お手をどうぞ。お姫《ひめ》さま」

「お……姫さまじゃ、ないけど、いいですか?」

王子さまの所作がにあいすぎる桐谷《きりや》くんに、若干《じゃっかん》気おくれしながらも、私《わたし》は彼《かれ》の手の上に、自分の手を、そっと重ねた。

桐谷くんが、流れるような動作で、私の手を包みこむようににぎって、立ちあがる。

その手の温かさに、これが夢なんかじゃないって実感できて、心までじんわりと温かくなる。

窓《まど》から見える空は、茜色《あかねいろ》から藍色《あいいろ》へと色を変えていく途中《とちゅう》だった。

「好きだよ、すみれちゃん」

きっと何回いわれても、慣れることなんてないんだろう。

「……私も、好き」

素直に想いを伝えることは、私にはとても難《むずか》しいのだけれど、それでも伝えたいと思った。

私がどんなに桐谷くんのことを、好きだと思っているのか。

桐谷くんはうれしそうにほほえんだ。それを見て、また胸《むね》がどうしようもなく高鳴る。

桐谷くんを見ていると、絶対にこえられないと思っていた壁《かべ》だって、こえられるような気がしてくる。できないことなんて、なにもないような気さえする。

桐谷くんが陸南生《りくなんせい》でも、私が陸南教師の娘《むすめ》でも。好きになっちゃいけない理由なんて、本当はないんだって思わせてくれる。

私も、きっともっと強くなれる。クラスメイトの好奇《こうき》の視線《しせん》だって、お父さんの反対だって、桐谷くんと、もう会えなくなると思っていた涙《なみだ》の夜と比べたら、全然きつくない。

きっとこれからも、こうして彼にドキドキする日々《ひび》が続いていく。

この気持ちをずっと強くもっていれば、たぶん恋《こい》の障害《しょうがい》なんて、ひとっとびできちゃうんだろう。

あとがき

はじめまして、麻井深雪《あさいみゆき》です。

このたびはポケット・ショコラの第一弾《だいだん》となる『制服ジュリエット』をお手に取っていただき、ありがとうございます！　楽しんでいただけましたか？

このお話には、女の子があこがれる、胸《むね》キュンをギュッとつめこみました。

好きな男の子に、こんなことされたら、うれしいなーというシーンを、たくさん書いたつもりです。どうだったでしょう？　キュンキュンしてもらえたかな？

それから、恋《こい》する女の子みんなに、勇気をだして、がんばってほしいという思いも、同じくらいこめました。すべてのがんばる女の子に、絵本のラストみたいな、しあわせがおとずれますように。

わたしは子どものころ、物語を読むことが好きな子でした。

たくさんのワクワクとトキメキを、胸いっぱいにつめこむと、たいくつな毎日のくりかえしでも、頭の中では、どんどんたのしい世界が広がっていきました。

すてきな終わりをむかえたお話の、そのまたつづきを想像したり、ピンチのときは頭の中で自分を登場させて、主人公たちを救っていました。空想が広がりすぎて、夢にまでみたときには、夢の中で続きがみられるなんて、なんてラッキーなんだろう、わたし！　とよろこびました。

そのうち恋《こい》する女の子のせつないシーンを読むと、おなかの上あたりがぎゅーっと苦しくなり、あ、こころってここにあったんだ。と、そんなことを考えるような子でした。

へんな子ですかね？　それとも、わかるよーと、いってもらえるのかな？

今でもわたしは、トキメキを集めて生きていくのが、すきな大人《おとな》ですよ。

あまりに集めすぎて、ある日とうとう、かかえきれなくなったので、自分でお話を、書き始めたんです。

そしたらなんと、こんなにかわいいイラストがついた、すてきな本にしてもらえたのです！　なんてラッキーなんだろう、わたし！（二回目）

あなたの理想の男の子はどんな子ですか？　どんな恋のお話が読みたいですか？

よかったら、きかせてくれるとうれしいな。

そしたらわたしは、みんなのキュンをいっぱい集めて、またそれをつめこんだお話を、いっぱい書けると思います。それって、とってもたのしくないですか？

『制服ジュリエット』は、「制服を着ている女の子が主人公で、絵本のような、夢みたいな恋《こい》をする」というテーマのシリーズものだったりします。

実は次のお話は、もう考えてあって、『制服ラプンツェル』という題名です。『制服ジュリエット』にも登場した、ちょっと悪そうな男の子、レントに恋する、長い黒髪《くろかみ》の女の子が、主人公です。

『制服ジュリエット』を読んで、レントもいいな、と思ってくれたあなたがいたら、きっと、楽しんでもらえるお話になると思います。

どうか次回また、『制服ラプンツェル』で会えますように。

そんなことを思って今日もまた、ときめく恋のお話を考えています。

よかったら本の感想や、あなたのことも、きかせてね。

二〇一八年三月

麻井深雪《あさいみゆき》

作・麻井深雪（あさい みゆき）
小説投稿サイト「エブリスタ」などで執筆した作品が書籍化し、作家デビュー。作品に『甘え下手』(1)(2)（スターツ出版）、『ハッピーエンドは何処にある』1～3巻（主婦の友社）など。児童文庫作品は本書が初めて。趣味はネイルアート。アロマやフレーバーティーに囲まれていると幸せ。愛知県在住。

絵・池田春香（いけだ はるか）
「りぼん」で活躍中の少女漫画家。コミックスに『ロックアップ プリンセス』（集英社）、児童書の挿絵に「めちゃカワ!」シリーズ（新星出版社）、『ゆめ☆かわ ここあのコスメボックス』（小学館）など。
【HP】https://harukaikedaworks.tumblr.com/

この作品は、小説投稿サイト『エブリスタ』の投稿作品に大幅な加筆・修正を加えたものです。

POCKET CHOCOLAT

2018年3月　第1刷

ポケット・ショコラ　1
制服ジュリエット

作	麻井深雪
絵	池田春香
発行者	長谷川 均
編集	門田奈穂子　荒川寛子
発行所	株式会社ポプラ社 東京都新宿区大京町22-1　〒160-8565 振替　00140-3-149271 電話　（編集）03-3357-2216　（営業）03-3357-2212 インターネットホームページ www.poplar.co.jp
印刷・製本	中央精版印刷株式会社
book design	宮本久美子　岩田里香（ポプラ社）
series design	宮本久美子

ISBN978-4-591-15819-7　N.D.C.913　319p　18cm